Diogenes Taschenbuch 22559

de
te
be

Georges Simenon

# *Sieben Kreuzchen in einem Notizbuch*

*Zwei Weihnachtsgeschichten*

*Deutsch von Michael Mosblech*

Diogenes

Titel der Originalausgaben:
›Sept petites croix dans un carnet‹ und
›Le petit restaurant des Ternes.
Conte de Noël pour grandes personnes‹.
Beide Erzählungen wurden
dem 1951 bei Presses de la Cité
erschienenen Sammelband
›Un Noël de Maigret‹ entnommen.

Umschlagfoto: Wilfried Bauer

*Neuübersetzung*


80/92/36/1
ISBN 3 257 22559 8

*Inhalt*

# *Sieben Kreuzchen in einem Notizbuch*

I

»Bei mir zu Hause«, sagte Somer, während er auf einem Elektrokocher Kaffee aufsetzte, »gingen wir immer gemeinsam zur Christmette. Das Dorf war eine halbe Stunde vom Hof entfernt. Wir waren fünf Söhne. Damals waren die Winter kälter, ich kann mich noch gut erinnern, daß wir die Strecke mit dem Schlitten zurückgelegt haben.«

Lecœur, der vor der Vermittlungsanlage mit den vielen Stöpseln saß, hatte den Kopfhörer zurückgeschoben, um die Unterhaltung mitzubekommen.

»In welcher Gegend war das?«

»In Lothringen.«

»Vor vierzig Jahren waren die Winter in Lothringen auch nicht kälter als heute, aber die Bauern hatten noch keine Autos. Wie oft bist du mit dem Schlitten zur Christmette gefahren?«

»Dreimal? Zweimal? Vielleicht nur ein einziges Mal? Aber das war etwas Besonderes für dich, weil du ein Kind warst.«

»Ich weiß nicht.«

»Jedenfalls gab es, wenn wir zurückkamen, eine hervorragende Blutwurst, wie ich sie seitdem nie mehr gegessen habe. Ehrenwort. Wir haben nie gewußt, wie meine Mutter sie gemacht hat, was sie reingetan hat, daß sie so anders war als jede andere Blutwurst. Meine Frau hat es versucht. Sie hat meine ältere Schwester gefragt, die behauptet, sie habe Mamas Rezept.«

Er ging zu einem der großen, vorhanglosen Fenster, hinter denen tiefe Dunkelheit herrschte, kratzte mit dem Nagel über die Scheibe.

»Da, Rauhreif! Das erinnert mich auch an meine Kindheit. Wenn ich mich morgens waschen wollte, mußte ich oft zuerst ein Loch in die Eisschicht in der Kanne brechen, um an das Wasser heranzukommen, und dabei stand die Kanne in meinem Zimmer.«

»Damals gab es noch keine Zentralheizung«, wandte Lecœur gelassen ein.

Zu dritt, drei »Nachteulen«, wie man sie nannte, saßen sie seit elf Uhr abends in diesem geräumigen Zimmer. Jetzt, um sechs Uhr, kämpften sie gegen die Müdigkeit an, die sie am frühen Morgen befiel. Drei, vier leere Flaschen, umgeben von Lebensmittelresten, standen auf den Tischen. Ein Licht, kaum größer als eine Tablette, flammte an einer Wand auf.

»13. Arrondissement«, murmelte Lecœur und rückte seinen Kopfhörer zurecht. »Quartier Croulebarbe.«

Er nahm einen Stöpsel, steckte ihn in eine der Buchsen.

»Quartier Croulebarbe? Ihr Mannschaftswagen ist losgefahren? Was gibt's?«

»Ein Beamter hat angerufen. Boulevard Masséna, eine Prügelei zwischen zwei Betrunkenen.«

Sorgfältig trug Lecœur ein kleines Kreuz in einer Spalte seines Notizbuchs ein.

»Was macht ihr denn heute?«

»Wir sind nur zu viert auf der Wache. Zwei spielen Domino.«

»Habt ihr Blutwurst gegessen?«

»Nein. Warum?«

»Nur so. Ich lege auf. Im 16. tut sich etwas.«

An der Wand gegenüber war ein riesiger Plan von Paris aufgemalt, und die Lämpchen, die dort aufleuchteten, stellten die einzelnen Polizeiwachen dar. Sobald eine von ihnen aus irgendeinem Grund alarmiert wurde, ging das entsprechende Birnchen an, und Lecœur steckte einen Stöpsel in die entsprechende Buchse der Vermittlungsanlage.

»Hallo? Quartier Chaillot? Ihr Wagen ist losgefahren?«

In jedem der zwanzig Arrondissements von Paris standen vor der blauen Laterne der Polizeidienststellen ein oder mehrere Wagen, bereit, beim ersten Anruf loszupreschen.

»Womit?«

»Schlaftabletten.«

Eine Frau, natürlich. Die dritte in dieser Nacht, die zweite in dem eleganten Passy-Viertel.

Lecœur trug in einer anderen Spalte ein Kreuz ein, während Mambret an seinem Schreibtisch Formulare ausfüllte.

»Hallo? Odéon? Was ist los? Ein Wagendiebstahl?«

Das war für Mambret, der sich Notizen machte und einen anderen Hörer abhob, um Piedbœuf, dem Telegrafisten, dessen Stimme unmittelbar über ihren Köpfen zu hören war, das Kennzeichen des Wagens durchzugeben. Das war der achtundvierzigste Wagendiebstahl, den Piedbœuf seit elf Uhr zu melden hatte.

Für andere mußte diese Weihnachtsnacht einen besonderen Reiz haben. Hunderttausende von Parisern waren in die Theater, in die Kinos geströmt. Tausende hatten bis spät am Abend ihre Besorgungen in den Warenhäusern gemacht, wo die Verkäufer mit weichen Knien vor ihren fast leeren Regalen auf und ab liefen.

Und hinter den zugezogenen Vorhängen fanden Familienfeiern statt, gab es Truthähne, die vor sich hin schmorten, Blutwürste, die wahrscheinlich wie die Blutwurst der Somers nach einem alten, sorgsam von Mutter auf Tochter vererbten Familienrezept zubereitet wurden.

Kinder schliefen unruhig in ihren Betten, und Eltern legten lautlos Spielzeuge um den Weihnachtsbaum.

In den Restaurants und Kabaretts waren sämtliche Tische eine Woche im voraus reserviert. Auf der Seine schwamm der Lastkahn der Heilsarmee, und die Clochards standen Schlange und sogen die leckeren Düfte aus der Bordküche ein.

Somer hatte Frau und Kind. Piedbœuf, der Telegrafist oben, war seit acht Tagen Vater.

Ohne den Rauhreif auf den Scheiben hätten sie nicht gewußt, daß es draußen kalt war, und die Farbe dieser Nacht kannten sie auch nicht. Für sie gab es nur die gelbliche Farbe dieses großen Raums gegenüber dem Justizpalast, inmitten der Gebäude des Polizeipräsidiums ringsum, die jetzt leer waren und in die sich erst in zwei Tagen wieder die Leute stürzen würden, um Aufenthaltsgenehmigungen, Führerscheine, Pässe zu beantragen und alle möglichen Beschwerden vorzubringen.

Unten im Hof standen für Notfälle Mannschaftswagen bereit, und die Beamten dösten auf den Sitzbänken.

Aber es hatte keine Notfälle gegeben. Die Kreuzchen in Lecœurs Notizbuch verrieten genug. Er machte sich nicht die Mühe, sie zu zählen. Er wußte, daß es in der Spalte »Betrunkene« nahezu zweihundert waren.

In dieser Nacht war man natürlich nicht allzustreng. Die Polizisten versuchten die Leute zu überreden, ohne großes Theater nach Hause zu gehen. Man griff erst ein, wenn die Betrunkenen anfingen zu randalieren, Gläser zerschlugen und die anderen Gäste belästigten.

Zweihundert Personen – darunter einige Frauen – waren auf den verschiedenen Polizeidienststellen hinter Gittern, schliefen wie ein Stein auf dem Fußboden.

Fünf Messerstechereien, zwei an der Porte d'Italie und drei oben auf dem Montmartre, nicht in dem Montmartre der Nachtlokale, sondern in dem heruntergekommenen Bereich mit den Hütten aus alten Kisten und Teerpappe, wo über hunderttausend Nordafrikaner lebten.

Einige vermißte, wenn auch schnell wiedergefundene Kinder, die in dem Gedränge während der Metten verlorengegangen waren.

»Hallo? Chaillot? Wie geht's der Frau mit den Schlaftabletten?«

Sie lebte. Die starben nur selten. Meistens sahen sie zu, daß sie überlebten. Es war mehr ein Signal.

»Apropos Blutwurst«, meldete sich Randon, der

eine dicke Meerschaumpfeife rauchte, »das erinnert mich an etwas...«

Man erfuhr nicht mehr, woran ihn das erinnerte. Draußen in dem dunklen Treppenhaus waren zögerliche Schritte zu hören, eine Hand tastete umher, der Türknauf drehte sich. Sie schauten alle drei hin, überrascht, daß sie jemand um diese Zeit besuchte.

»Morgen!« sagte der Mann und warf seinen Hut auf einen Stuhl.

»Janvier, was führt dich denn her?«

Janvier war ein noch junger Inspektor der Mordkommission, der als erstes seine Hände über dem Heizkörper wärmte.

»Ich hab mich gelangweilt, ganz allein da unten«, sagte er. »Wenn der Mörder wieder zuschlägt, erfahre ich hier am schnellsten davon.«

Auch er war die ganze Nacht auf seinem Posten gewesen, auf der anderen Straßenseite, in den Büros der Kriminalpolizei.

»Darf ich?« fragte er und hob die Kaffeekanne hoch. »Der Wind ist eiskalt.«

Er hatte rote Ohren, seine Lider blinzelten.

»Vor acht Uhr erfahren wir nichts. Wenn es nicht noch später wird«, sagte Lecœur.

Seit fünfzehn Jahren brachte er seine Nächte hier zu, vor dem Plan mit den Lämpchen, vor seiner Vermittlungsanlage. Er kannte die Namen der meisten Polizisten von Paris, zumindest derjenigen, die nachts arbeiteten. Er kannte sogar ihre kleinen Sorgen, denn wenn es nachts ruhig war, wenn die Lämpchen kaum aufleuchteten, plauderte man miteinander.

»Wie sieht's denn bei euch aus?«

Er kannte auch die meisten Polizeidienststellen, wenn auch nicht alle. Er konnte sich die Atmosphäre dort vorstellen, die Polizisten mit dem gelockerten Koppel und dem offenen Kragen, die ebenfalls Kaffee aufsetzten. Aber er hatte sie nie gesehen. Er hätte sie auf der Straße nicht erkannt. So wie er noch nie eines der Hospitäler betreten hatte, deren Namen ihm so vertraut waren wie anderen die Namen von Tante und Onkel.

»Hallo? Bichat? Wie geht es dem Verletzten, der vor zwanzig Minuten bei euch eingeliefert wurde? Ist er tot?«

Ein Kreuzchen im Notizbuch. Man konnte ihm die schwierigsten Fragen stellen:

»Wieviel Verbrechen werden in Paris jährlich aus Habgier wegen begangen?«

Die Antwort kam prompt:

»Siebenundsechzig.«

»Wieviel Morde werden von Ausländern verübt?«

»Zweiundvierzig.«

»Wieviel . . . ?«

Er bildete sich nichts darauf ein. Er war gewissenhaft, mehr nicht. Das war sein Beruf. Er war nicht verpflichtet, die Kreuzchen in seinem Notizbuch einzutragen, aber das vertrieb ihm die Zeit und verschaffte ihm ebensoviel Befriedigung wie anderen eine Briefmarkensammlung.

Er war unverheiratet. Man wußte nicht einmal, wo er wohnte, was mit ihm war, wenn er erst einmal das Büro verließ, in dem er nachts arbeitete. Ehrlich gesagt konnte man ihn sich nur schlecht draußen auf der Straße vorstellen.

»Bei den ernsten Vorfällen muß man warten, bis die Leute aufstehen, bis die Concierges die Post heraufbringen oder die Dienstmädchen Frühstück machen und die Herrschaften wecken.«

Solche Dinge wußte er eben, denn so spielte sich das immer ab. Etwas früher im Sommer, etwas später im Winter. Und heute noch später, weil ein Großteil der Bevölkerung erst einmal seinen Rausch ausschlafen würde. Es waren sogar noch Leute auf der Straße, und die Türen der Restaurants öffneten sich kurz, um die letzten Gäste hinauszulassen.

Weitere Wagendiebstähle würden gemeldet werden. Wahrscheinlich auch zwei, drei unterkühlte Betrunkene.

»Hallo? Saint-Gervais? . . .«

Sein Paris war ein besonderes Paris, dessen Monumente nicht der Eiffelturm, die Oper oder der Louvre waren, sondern dunkle Dienstgebäude, wo Mannschaftswagen unter einer blauen Laterne standen und Dienstfahrräder an der Wand abgestellt waren.

»Der Chef ist überzeugt, daß der Mann heute nacht etwas unternimmt«, sagte Janvier. »Solche Nächte haben es in sich. Feiertage, Feste, so etwas stachelt sie an.«

Es fiel kein Name, weil man keinen Namen kannte. Er hieß nicht einmal »der Mann mit dem sandfarbenen Überzieher« oder »der Mann mit dem grauen Hut«, weil ihn noch niemand gesehen hatte. Einige Zeitungen hatten ihn »Monsieur Dimanche« getauft, weil drei der Morde an einem Sonntag geschehen waren, aber seitdem hatte es fünf weitere gegeben, die an anderen Wochentagen verübt worden waren, im Durchschnitt einer pro Woche, aber auch das nicht regelmäßig.

»Mußtest du seinetwegen die Nacht durchmachen?«

Aus dem gleichen Grund hatte man die nächtlichen Streifen in ganz Paris verstärkt, was für die Polizisten und Inspektoren einiges an Überstunden bedeutete.

»Ihr werdet sehen«, sagte Somer, »wenn man den schnappt, das ist bestimmt ein Spinner.«

»Ein Spinner, der andere umbringt«, seufzte Janvier und schlürfte seinen Kaffee. »Da, eines deiner Lämpchen ist angegangen.«

»Hallo? Bercy? ... Ihr Wagen ist losgefahren? ... Wie bitte? Moment. Ertränkt ...?«

Man sah, daß Lecœur zögerte, in welcher Spalte er sein Kreuzchen anbringen sollte. Es gab eine für die, die sich erhängten, ein anderes für diejenigen, die sich mangels Waffe aus dem Fenster stürzten. Eine Spalte für die Ertrunkenen, eine für die, die sich erschossen, eine für die, die ...

»Hört mal! Wollt ihr wissen, was soeben ein Kerl auf dem Pont d'Austerlitz gemacht hat? Wer hat da noch von einem Spinner geredet? Der Typ hat sich einen Stein um die Knöchel gebunden, ist mit einem Strick um den Hals auf das Geländer gestiegen und hat sich eine Kugel in den Kopf geschossen.«

Tatsächlich gab es auch dafür eine Spalte: Neurasthenie!

Jetzt war die Stunde, wo die Leute, die nicht Heiligabend gefeiert hatten, in die Frühmessen gingen und mit tropfender Nase, die Hände in den Taschen vergraben, gegen den Wind ankämpften, der wie Eisstaub über die Bürgersteige fegte. Und es war die Stunde, wo die Kinder allmählich wach wurden, die Lampen anmachten und barfuß, im Hemd zum Weihnachtsbaum rannten.

»Wenn der Kerl wirklich ein Spinner wäre, würde er dem Gerichtsarzt zufolge immer auf die gleiche Weise töten, mit einem Messer, einem Revolver oder was auch immer.«

»Was für eine Waffe hat er denn beim letzten Mal benutzt?«

»Einen Hammer.«

»Und davor?«

»Einen Dolch.«

»Und was beweist, daß es immer derselbe war?«

»Zunächst einmal, daß die acht Verbrechen fast Schlag auf Schlag begangen wurden. Es wäre schon merkwürdig, wenn plötzlich acht Mörder auf einmal in Paris am Werk wären.«

Man spürte, daß Inspektor Janvier bei der Kriminalpolizei viel darüber gehört hatte.

»Zudem haben all diese Morde eine gewisse Ähnlichkeit. Jedesmal ist das Opfer eine einsame, alleinstehende Person, egal ob alt oder jung. Leute, die isoliert leben, ohne Familie, ohne Freunde.«

Somer schaute Lecœur an, dem er nicht verzieh, daß er ledig war, vor allem nicht, daß er keine Kinder hatte. Er hatte fünf, und seine Frau erwartete das sechste.

»Wie du, Lecœur! Paß auf!«

»Ein weiteres Anzeichen sind die Gebiete, in denen

er auftritt. Nicht einer der Morde ist in einem reichen oder auch nur bürgerlichen Viertel verübt worden.«

»Dabei stiehlt er doch, oder?«

»Ja, aber nicht viel. Kleinere Beträge. Ersparnisse, die in einer Matratze oder einem alten Rock versteckt sind. Er betätigt sich nicht als Einbrecher, scheint dafür auch nicht besonders gerüstet, und doch hinterläßt er keine Spuren.«

Ein Lämpchen. Ein Wagendiebstahl vor der Tür eines Restaurants an der Place des Ternes, unweit der Place de l'Etoile.

»Die Leute, die ihren Wagen nicht mehr vorfinden, ärgern sich bestimmt am meisten, daß sie mit der Metro nach Hause fahren müssen.«

Noch eine Stunde, anderthalb Stunden, dann kam die Ablösung, außer für Lecœur, der einem Kollegen versprochen hatte, ihn zu vertreten, damit jener das Weihnachtsfest bei seiner Familie in der Nähe von Rouen verbringen konnte.

Das kam öfters vor. Das war so normal geworden, daß man keine Hemmungen mehr hatte, ihn zu fragen.

»Du, Lecœur, kannst du mich morgen vertreten?«

Anfangs hatte man sich noch eine rührselige Entschuldigung ausgedacht, eine kranke Mutter, eine Beerdigung, eine Erstkommunion. Man brachte ihm zum Dank einen Kuchen, Aufschnitt oder eine Flasche Wein.

In Wirklichkeit hätte Lecœur, wenn er gekonnt hätte, auch vierundzwanzig Stunden am Tag in diesem Raum verbracht. Er hätte sich eine Weile auf ein Feldbett gelegt und sein Essen auf einem Elektrokocher zubereitet. Merkwürdig, obwohl er ebenso gepflegt war wie die anderen, gepflegter als mancher von ihnen, als Somer zum Beispiel, dessen Hosen oft ungebügelt waren, hatte er etwas Blasses, Farbloses an sich, was den Junggesellen verriet.

Er trug eine Brille mit Gläsern, die so stark waren wie eine Lupe und hinter denen seine Augen riesig und kugelrund aussahen, und wenn er sie abnahm, um sie mit einem Lederläppchen zu putzen, das er stets in der Tasche hatte, wunderte man sich, daß sein Blick ausweichend, fast schüchtern wirkte.

»Hallo? Javel?«

Eines der Lämpchen des 15. Arrondissements war angegangen, und zwar in Richtung Quai de Javel, in dem Industriegebiet.

»Ist Ihr Wagen losgefahren?«

»Wir wissen noch nicht, was los ist. In der Rue Leblanc wurde die Scheibe einer Notrufsäule eingeschlagen.«

»Und niemand hat etwas gesagt?«

»Nein, nichts. Der Wagen ist unterwegs. Ich melde mich wieder.«

Es gibt entlang der Bürgersteige von Paris Hunderte von roten Rufsäulen, deren Scheibe man nur einschlagen muß, um mit der nächsten Dienststelle in telefonischer Verbindung zu stehen. Hatte diesmal ein Passant sie versehentlich zertrümmert?

»Hallo? Zentrale? Unser Wagen ist gerade zurück. Es war niemand da. Die Umgebung ist ruhig. Wir lassen ein paar Fußstreifen durch das Viertel gehen.«

Trotzdem, um sich keines Versäumnisses schuldig zu

machen, trug Lecœur in der letzten Spalte, unter dem Titel »Verschiedenes«, ein Kreuzchen ein.

»Kein Kaffee mehr da?«

»Ich mach neuen.«

Kurz darauf leuchtete das gleiche Lämpchen an der Tafel auf. Keine zehn Minuten waren seit dem ersten Anruf vergangen.

»Javel? Was gibt's?«

»Schon wieder eine Notrufsäule.«

»Ohne daß jemand einen Ton gesagt hat?«

»Ja. Ein Witzbold. Jemand, der es lustig findet, uns aufzuscheuchen. Diesmal werden wir versuchen, ihn zu schnappen.«

»Wo war das?«

»Am Pont Mirabeau.«

»Na, der ist aber schnell unterwegs, der Bruder.«

Tatsächlich war es eine ziemliche Strecke zwischen den beiden Rufsäulen. Aber man scherte sich nicht mehr um diese Anrufe. Drei Tage zuvor hatte jemand die Scheibe einer Säule eingeschlagen und frech gerufen:

»Nieder mit den Bullen!«

Janvier döste vor sich hin, die Füße auf einem der Heizkörper, doch als er erneut Lecœurs Stimme hörte, öffnete er die Augen einen Spalt, sah, daß eines der Lämpchen brannte, und fragte mit schlaftrunkener Stimme:

»Schon wieder?«

»Ja, eine Rufsäule in der Avenue de Versailles.«

»Blödsinn!« brummte er und versank wieder in seinem wohligen Dämmerschlaf.

Es würde spät hell werden, nicht vor halb acht oder acht. Manchmal vernahm man undeutlich das Läuten der Glocken, aber das kam aus einer anderen Welt. Die armen Polizisten unten in ihren Fahrzeugen mußten halb erfroren sein.

»Apropos Blutwurst...«

»Was für eine Blutwurst?« murmelte Janvier, der im Schlaf und mit den rosigen Wangen wie ein Kind aussah.

»Die Blutwurst, die meine Mutter...«

»Hallo? Du willst doch wohl nicht melden, daß jemand die Scheibe einer deiner Rufsäulen eingeschlagen hat?... Was?... Tatsächlich?... Der hat schon zwei im 15. auf dem Gewissen... Nein, sie haben ihn nicht geschnappt... Sag mal, der Kerl ist ja ein Dauerläufer... Er ist über den Pont Mirabeau auf die andere Seite der Seine gerannt... Sieht so aus, als wollte er in die Innenstadt... Ja, versucht's mal...«

Das ergab ein neues Kreuzchen, und um halb acht, eine halbe Stunde vor der Ablösung, waren bereits fünf in der Spalte.

Ob verrückt oder nicht, der Witzbold schritt flott voran. Allerdings lud das Wetter auch nicht zum Flanieren ein. Eine Zeitlang hatte es so ausgesehen, als wollte er am Seineufer bleiben. Er hielt sich jedoch nicht stur geradeaus. Er hatte einen Abstecher ins reiche Auteuil-Viertel gemacht und in der Rue La Fontaine erneut eine Scheibe eingeschlagen.

»Er ist nur noch fünf Minuten vom Bois de Boulogne entfernt«, verkündete Lecœur. »Wenn er dahin will, werden wir seine Spur verlieren.«

Aber die Person hatte kehrtgemacht und war zum Seineufer zurückgegangen, um in der Rue Berton nahe des Quai de Passy eine weitere Rufsäule zu beehren.

Die ersten Anrufe waren aus dem armen und volkstümlichen Grenelle-Viertel gekommen. Der Mann hatte nur die Seine überqueren müssen, um in eine andere Umgebung zu gelangen und durch breite Straßen zu irren, auf denen um diese Zeit sicher keine Menschenseele zu sehen war. Bestimmt war alles geschlossen. Seine Schritte mußten auf dem harten, eiskalten Pflaster weit zu hören sein.

Sechster Anruf: Er hatte das Trocadéro hinter sich gelassen und war jetzt in der Rue de Longchamp.

»Der hält sich für Däumling«, bemerkte Mambret. »Statt Brotkrumen und weißer Steinchen verstreut er Glassplitter.«

Es folgten weitere Anrufe, einer nach dem andern, weitere Wagendiebstähle, ein Schuß in der Rue de Flandre, ein Verletzter, der angeblich nicht wußte, wer auf ihn geschossen hatte, obwohl man ihn die ganze Nacht mit einem Begleiter hatte Champagner trinken sehen.

»Aha! Jetzt ist Javel wieder an der Reihe! Hallo? Javel? Ich nehme an, das ist wieder dein Scheibenzertrümmerer. Er hatte keine Zeit, an seinen Ausgangspunkt zurückzukehren. Wie? Aber ja, er macht weiter. Jetzt muß er in der Gegend um die Champs-Elysées sein... Was?... Moment mal... Erzähl... Rue wie bitte???... Michat?... Mit *c-h-a-t*, ja... Zwischen Rue Lecourbe und Boulevard Félix-Fauré... Ja... In der Nähe ist eine Eisenbahnbrücke... Ja... Ist notiert...

Nummer 17... Wer hat angerufen?... Die Concierge?... So früh ist die schon auf?... He, haltet doch mal die Klappe!

Nein, dich mein ich nicht. Das galt Somer, der uns immer noch mit seiner Blutwurst in den Ohren liegt...

Die Concierge also... Ja, verstehe... Großes, schäbiges Mietshaus... Sieben Stockwerke... Ja...«

In dem Viertel standen zahlreiche Gebäude, die nicht alt waren, aber so minderwertig gebaut, daß sie, kaum waren die Mieter eingezogen, schon verfallen wirkten. Die dunklen Mauern ragten zwischen brachliegenden Flächen empor, die Giebel voller Reklame, und schauten auf die zum Teil nur einstöckigen Vorstadthäuschen hinab.

»Sie hat also jemand auf der Treppe gehört, und die Tür ist zugeschlagen... War sie offen?... Die Concierge weiß nicht, wie das kam?... In welchem Stock?... Im Zwischengeschoß, zum Hof hin... Erzähl weiter... Ich sehe gerade, daß der Wagen des 8. losgefahren ist, und ich könnte wetten, daß das wieder mein Scheibenzertrümmerer ist... Eine alte Frau... Wie?... Die alte Fayet?... Sie ging putzen... Tot?... Mit einem stumpfen Gegenstand... Ist der Arzt da?... Bist du sicher, daß sie tot ist?... Sind ihre Ersparnisse gestohlen?... Ich frage, weil ich annehme, daß sie Ersparnisse hatte... Ja... Ruf mich wieder an... Sonst klingele ich bei dir an...«

Er wandte sich an den schlafenden Inspektor.

»Janvier! He, Janvier! Ich glaube, das ist für dich.«

»Wer? Was ist?«

»Der Mörder.«

»Wo?«

»In Javel. Ich hab dir die Adresse auf diesem Zettel aufgeschrieben. Diesmal hat er sich an einer alten Frau vergriffen, die putzen geht, die alte Fayet.«

Janvier zog seinen Mantel an, griff nach seinem Hut, schluckte einen Rest Kaffee, der noch in seiner Tasse war.

»Wer kümmert sich im 15. darum?«

»Gonesse.«

»Gib Bescheid, daß ich hinfahre.«

Kurz darauf konnte Lecœur ein weiteres Kreuzchen in sein Notizbuch eintragen, das siebte in der letzten Spalte. Jemand hatte in der Avenue d'Iéna, fünfhundert Meter vom Arc de Triomphe, die Scheibe einer Notrufsäule eingeschlagen.

»Zwischen den Scherben lag ein Taschentuch mit Blutspuren. Ein Kindertaschentuch.«

»Ohne Initialen?«

»Ja. Ein blau-weiß kariertes, nicht besonders sauberes Taschentuch. Die Person muß es sich um die Hand gewickelt haben, um die Scheiben einzuschlagen.«

Auf der Treppe waren Schritte zu hören. Das war die Ablösung, die Männer, die tagsüber da waren. Sie waren rasiert, und ihrer gespannten und rosigen Haut war anzusehen, daß sie sich mit kaltem Wasser gewaschen hatten und durch den eisigen Wind gelaufen waren.

»Na, schön Heiligabend gefeiert?«

Somer machte die kleine Blechdose zu, in der er sein Essen mitgebracht hatte, Lecœur stand als einziger nicht auf, da er ja seinen Kollegen vertrat.

Der dicke Godin zog sich den Stoffkittel über, den er

bei der Arbeit trug, und setzte dann sogleich Wasser auf, um sich einen Grog zu machen. Er plagte sich jeden Winter mit einem Schnupfen herum, den er stets mit Unmengen von Grog behandelte oder auch förderte.

»Hallo? Ja... Nein, ich bleibe... Ich vertrete Potier, der seine Familie besucht... Also... Ja, das interessiert mich persönlich... Janvier ist losgefahren, aber ich gebe die Nachricht an die Kripo weiter... Ein Invalide?... Was für ein Invalide?...«

Am Anfang braucht man immer Geduld, um sich zurechtzufinden, denn die Leute erzählen einem von dem Fall, den sie untersuchen, als ob alle Welt Bescheid wüßte.

»Das Häuschen dahinter, ja... Also nicht in der Rue Michat... Rue...? Rue Vasco-de-Gama?... Aber ja, kenne ich... Das kleine Haus mit Garten und Eisentor... Ich wußte nicht, daß er Invalide ist... Na gut... Er schläft fast gar nicht... Ein Junge ist die Regenrinne hochgeklettert?... Wie alt?... Er weiß es nicht?... Stimmt, es war dunkel... Woher weiß er dann, daß es ein Junge war?... Hör mal, sei so nett und ruf mich noch mal an... Du gehst jetzt auch?... Wer löst dich ab?... Der dicke Jules?... Aha... Ja... Schön... Grüß ihn von mir und sag ihm, er soll mich zurückrufen...«

»Was ist passiert?« fragte einer der Neuen.

»In Javel hat jemand eine alte Frau kaltgemacht.«

»Wer?«

»Ein Invalide, der in einem Häuschen hinter dem Gebäude wohnt, behauptet, er habe einen Jungen gesehen, der an der Mauer entlang zu ihrem Fenster geklettert ist...«

»Und der Junge soll sie getötet haben?«

»Jedenfalls hat man vor der Notrufsäule ein Kindertaschentuch gefunden.«

Man hörte ihm nur mit halbem Ohr zu. Die Lampen brannten noch, aber ein grelles Licht drang durch die mit Eisblumen bedeckten Fensterscheiben. Jemand kratzte unwillkürlich an der knirschenden Fläche. Vielleicht auch eine Kindheitserinnerung wie Somers Blutwurst?

Die Nachtstreife war gegangen. Die anderen ließen sich nieder, richteten sich für den Tag ein, blätterten die Berichte durch.

Ein Wagendiebstahl am Square La Bruyere.

Lecœur betrachtete nachdenklich seine sieben Kreuzchen. Er stand auf und stellte sich vor die riesige Wandkarte.

»Lernst du den Stadtplan auswendig?«

»Ich kenne ihn bereits auswendig. Aber da ist etwas, das will mir einfach nicht aus dem Sinn. Innerhalb von anderthalb Stunden wurde an sieben Notrufsäulen die Scheibe eingeschlagen. Auffällig ist, daß derjenige, der dieses Spielchen getrieben hat, nicht geradeaus, nicht in einer bestimmten Richtung gegangen ist, sondern im Zickzack.«

»Vielleicht, weil er Paris nicht gut kennt.«

»Oder weil er es sehr gut kennt. Tatsächlich ist er an keiner Polizeiwache vorbeigekommen, und das wäre er unweigerlich, wenn er den kürzesten Weg genommen hätte. Und an welchen Kreuzungen kann man auf einen Polizisten stoßen?«

Er deutete mit dem Finger darauf.

»Da ist er auch nicht hergegangen. Er hat sie gemieden. Die einzige riskante Stelle war der Pont Mirabeau, wie alle Brücken, ganz gleich, wo er die Seine überquert hätte.«

»Der ist wahrscheinlich besoffen«, scherzte Godin, der in sein Glas blies, während er seinen Rum schlürfte.

»Ich frage mich: Warum hat er aufgehört, Scheiben einzuschlagen?«

»Vermutlich ist er jetzt zu Hause.«

»Einer, der sich morgens um sechs in Javel herumtreibt, wohnt bestimmt nicht an der Place de l'Etoile.«

»Und was kümmert dich das?«

»Es macht mir Angst.«

»Ehrlich?«

Das war in der Tat neu: Ausgerechnet Lecœur, für den sich die aufregendsten Nächte von Paris auf einige Kreuzchen in seinem Notizbuch reduzierten, machte sich Sorgen.

»Hallo? Javel?... Der dicke Jules?... Ja, Lecœur hier... Sagen Sie... Hinter dem Gebäude in der Rue Michat steht das Haus des Invaliden... Gut... Aber daneben steht doch noch ein Gebäude, eins aus roten Ziegelsteinen mit einem Lebensmittelgeschäft im Parterre... Ja... Ist in dem Haus nichts passiert?... Die Concierge hat sich nicht gemeldet?... Ich weiß nicht... Nein, ich weiß wirklich nichts... Vielleicht sollte man sie mal fragen gehen, ja...«

Plötzlich wurde ihm heiß, und er drückte eine nur halb gerauchte Zigarette aus.

»Hallo? Les Ternes? Hattet ihr keine Anrufe von einer Notrufsäule? Nichts? Nur Betrunkene? Danke.

Ach ja ... Ist die Fahrradstreife schon unterwegs? ... Fährt gleich los? ... Bittet sie doch, auf alle Fälle nach einem Jungen Ausschau zu halten ... Ein Junge, der müde aussieht und an der rechten Hand blutet ... Nein, das ist keine Vermißtenanzeige ... Erklär ich euch ein andermal ...«

Er ließ die Wandkarte nicht aus den Augen. Zehn Minuten lang leuchtete kein einziges Lämpchen auf. Und dann handelte es sich um einen Unfall, eine Gasvergiftung im 18. Arrondissement oben auf dem Montmartre.

In den kalten Straßen von Paris waren nur dunkle Gestalten zu sehen, die frierend von der Frühmesse kamen.

## 2

Eine der deutlichsten Erinnerungen, die André Lecœur an seine Kindheit hatte, war das Gefühl einer Bewegungslosigkeit. Damals bestand seine Welt aus einer großen Küche in Orléans, ganz am Ende der Stadt. Er mußte Sommer wie Winter dort verbracht haben, aber in seiner Erinnerung sah er sie vor allem sonnendurchflutet, die Tür geöffnet, jedoch durch einen kleinen Lattenzaun versperrt, den sein Vater eines Sonntags gebaut hatte, um ihn daran zu hindern, allein in den Garten zu gehen, in dem die Hühner gackerten und die Kaninchen den ganzen Tag hinter ihrem Maschendraht mümmelten.

Um halb neun fuhr sein Vater mit dem Rad zur

Arbeit, in die Gasfabrik am anderen Ende der Stadt. Seine Mutter kümmerte sich, stets in der gleichen Reihenfolge, um den Haushalt. Sie ging nach oben in die Zimmer, legte die Matratzen auf die Fensterbank.

Und fast im gleichen Augenblick verkündete die Schelle des Gemüseverkäufers, der seinen Karren durch die Straße schob, daß es zehn Uhr war. Um elf Uhr kam zweimal die Woche der bärtige Arzt vorbei, um seinen kleinen Bruder zu untersuchen, der ständig krank war und dessen Zimmer er nicht betreten durfte.

Das war alles. Sonst ereignete sich nichts. Er hatte kaum Zeit, ein wenig zu spielen, sein Glas Milch zu trinken, da kam sein Vater auch schon zum Mittagessen zurück.

Sein Vater hatte inzwischen in mehreren Stadtvierteln Geld einkassiert, war einer Menge Leute begegnet, von denen er bei Tisch erzählte, während zu Hause die Zeit fast stehengeblieben war. Und der Nachmittag verging, vielleicht wegen der Mittagsruhe, noch schneller.

»Ich hab gerade Zeit, zu spülen und ein wenig Ordnung zu schaffen, da ist es schon wieder Zeit fürs Essen«, hatte seine Mutter oft gestöhnt.

Hier war das nicht viel anders, in diesem großen Raum der Zentrale, wo selbst die Luft stillstand, wo die Angestellten schläfrig wurden und man schließlich das Klingeln und die Stimmen wie durch einen Schleier vernahm.

Ein paar Lämpchen, die auf der Wandkarte angingen, ein paar Kreuzchen – in der Rue de Clignancourt war ein Auto mit einem Bus zusammengestoßen –, und schon kam der Rückruf vom Revier Javel.

Diesmal war nicht der dicke Jules am Apparat, sondern Gonesse, der Inspektor, der sich zum Tatort begeben hatte. Man hatte genug Zeit gehabt, ihn zu erreichen, ihm von dem Haus in der Rue Vasco-de-Gama zu erzählen. Er war dorthin gefahren und ganz aufgeregt zurückgekommen.

»Sind Sie's, Lecœur?«

In seiner Stimme schwang etwas mit, schlechte Laune oder eine Spur Argwohn.

»Sagen Sie, wie sind Sie auf dieses Haus gekommen? Kannten Sie die alte Fayet?«

»Ich habe sie nie gesehen, aber ich kannte sie.«

Was an diesem Weihnachtstag eintraf, war André Lecœur mindestens zehn Jahre durch den Kopf gegangen. Genauer gesagt: Wenn er seinen Blick über den Stadtplan schweifen ließ, an dem die Lämpchen aufleuchteten, dann hatte er sich mehr als einmal gesagt:

»Eines Tages trifft es bestimmt einen, den ich kenne.«

Manchmal ereignete sich etwas in seinem Viertel, in der Nähe seiner Straße, aber nie genau dort. Wie ein Gewitter, das näher kam und sich wieder entfernte, ohne jemals dort loszubrechen, wo er wohnte.

Nun, diesmal war es passiert.

»Haben Sie die Concierge befragt?«

Er stellte sich das süßsaure Gesicht vor, das Inspektor Gonesse am andern Ende der Leitung machte, und fuhr fort:

»Ist der Junge zu Hause?«

Worauf Gonesse brummelte:

»Den kennen Sie auch?«

»Er ist mein Neffe. Hat man Ihnen nicht gesagt, daß er Lecœur heißt, François Lecœur?«

»Doch, hat man.«

»Und?«

»Er ist nicht zu Hause.«

»Und sein Vater?«

»Ist heute morgen kurz nach sieben zurückgekommen.«

»Wie immer, ich weiß. Er arbeitet auch nachts.«

»Die Concierge hat ihn in seine Wohnung gehen hören. Sie liegt im dritten Stock, zum Hof hin.«

»Ich weiß.«

»Unmittelbar danach ist er wieder heruntergekommen und hat aufgeregt an ihre Wohnungstür geklopft. Wie sagte die Concierge noch: ›Er wirkte völlig verstört.‹«

»Ist der Junge verschwunden?«

»Ja. Der Vater hat gefragt, ob ihn jemand hat weggehen sehen, und wann. Die Concierge hatte keine Ahnung. Daraufhin wollte er wissen, ob am Abend oder am frühen Morgen ein Telegramm angekommen sei.«

»Und es war kein Telegramm angekommen?«

»Nein. Werden Sie daraus schlau? Meinen Sie nicht, daß Sie als Verwandter, der sich da einigermaßen auskennt, besser herkämen?«

»Das würde nichts nützen. Wo ist Janvier?«

»Im Zimmer der alten Fayet. Die Leute von der Spurensicherung sind soeben eingetroffen und haben sich an die Arbeit gemacht. Sie haben sofort die Fingerabdrücke eines Kindes am Türknauf entdeckt. Warum kommen Sie nicht auf einen Sprung herüber?«

Lecœur antwortete lasch:

»Weil niemand da ist, um mich zu vertreten.«

Das stimmte. Er hätte allenfalls, wenn er eine Weile herumtelefoniert hätte, irgendeinen Kollegen erreichen können, der bereit war, für ein, zwei Stunden in die Zentrale zu kommen. In Wirklichkeit hatte er keine Lust, am Tatort zu sein, das hätte sie auch nicht weitergebracht.

»Hören Sie, Gonesse, der Junge muß unbedingt gefunden werden, verstehen Sie? Vor einer halben Stunde irrte er im Gebiet um die Place de l'Etoile herum. Sagen Sie Janvier, daß ich hierbleibe und daß die alte Fayet wahrscheinlich viel Geld bei sich versteckt hatte.«

Ein wenig fieberhaft hantierte er mit seinem Stöpsel, um die verschiedenen Polizeiwachen des 8. Arrondissements anzurufen.

»Suchen Sie einen schlicht gekleideten Jungen von zehn bis elf Jahren, und überwachen Sie vor allem die Notrufsäulen.«

Seine beiden Kollegen schauten ihn neugierig an.

»Glaubst du, der Junge hat die Tat begangen?«

Er gab keine Antwort, rief die Telefonzentrale oben an.

»Justin? Aha! Hast du heute Dienst? Würdest du die Funkwagen bitten, einen Jungen von ungefähr zehn Jahren zu suchen, der irgendwo in Richtung Etoile herumirrt? Nein, ich weiß nicht, wohin er geht. Er scheint die Straßen zu meiden, in denen es eine Polizeidienststelle gibt, und auch die großen Kreuzungen, wo er einem Polizisten begegnen könnte.«

Er kannte die Wohnung seines Bruders in der Rue Vasco-de-Gama, zwei dunkle Zimmer und eine winzige Küche, in denen der Junge nachts ganz allein war, wenn sein Vater arbeiten ging. Von den Fenstern aus blickte man auf die Rückseite des Hauses an der Rue Michat, auf die Wäsche, die dort hing, auf Geranientöpfe und auf die Fenster, die zum großen Teil keine Vorhänge hatten und hinter denen ein bunt gemischtes Volk lebte.

Auch dort mußten die Scheiben mit Rauhreif bedeckt sein, ein Detail, das ihn aufmerken ließ. Er prägte es sich in einer Ecke seines Gedächtnisses ein, denn es konnte von Bedeutung sein.

»Glaubst du, daß ein Kind die Scheiben eingeschlagen hat?«

»Man hat ein Kindertaschentuch gefunden«, sagte er kurz.

Und er saß da, unschlüssig, in welche Buchse er seinen Stöpsel stecken sollte.

Die Leute draußen schienen in schwindelerregendem Tempo zu handeln. Lecœur blieb gerade Zeit, auf einen Anruf zu antworten, da war der Arzt schon an Ort und Stelle, danach der Stellvertreter des Staatsanwalts und ein Untersuchungsrichter, die man beide aus dem Schlaf gerissen haben mußte.

Weshalb sollte er zum Tatort gehen, wo er doch von hier die Straßen, die Häuser, den großen schwarzen Strich der Eisenbahnbrücke, der die Gegend durchschnitt, ebenso deutlich sah wie jene, die dort waren?

In diesem Viertel lebten nur Arme, junge Menschen, die eines Tages fortzukommen hofften, weniger junge, die allmählich die Hoffnung verloren, noch weniger junge, ältere schon, und die richtig alten schließlich, die sich mit ihrem Schicksal abzufinden suchten.

Er rief erneut in Javel an.

»Ist Inspektor Gonesse noch da?«

»Er schreibt gerade seinen Bericht. Soll ich ihn rufen?«

»Wenn es Ihnen nichts ausmacht... Hallo? Gonesse?... Lecœur am Apparat... Entschuldigen Sie, daß ich Sie störe... Waren Sie in der Wohnung meines Bruders?... Sehr gut! Sah das Bett des Jungen aus, als hätte er darin geschlafen?... Das beruhigt mich ein wenig... Warten Sie... Gab es Päckchen?... Ja, Geschenke... Wie bitte? Ein Huhn, Blutwurst, ein Blätterteigkuchen und... Den Rest habe ich nicht verstanden... Ein kleines Radio?... Nicht ausgepackt?... Natürlich!... Janvier ist nicht da, oder?... Hat er schon bei der Kriminalpolizei angerufen?... Danke...«

Er war überrascht, daß es schon halb zehn war. Es war überflüssig, sich die Gegend um die Place de l'Etoile auf dem Plan anzusehen. Wenn der Junge im gleichen Tempo weitergegangen war, mußte er längst in einem der Vororte der Hauptstadt sein.

»Hallo? Kriminalpolizei? Ist Kommissar Saillard zu sprechen?«

Auch Saillard mußte durch Janviers Anruf aus seiner warmen Wohnung gerissen worden sein. Wieviel Leuten würde dieser Fall noch das Weihnachtsfest verderben?

»Entschuldigen Sie, daß ich anrufe, Herr Kommissar. Es geht um den kleinen Lecœur.«

»Wissen Sie etwas? Sind Sie mit ihm verwandt?«

»Er ist der Sohn meines Bruders. Wahrscheinlich hat er die Scheiben der sieben Rufsäulen eingeschlagen. Ich weiß nicht, ob man Zeit hatte, Ihnen mitzuteilen, daß wir in der Nähe der Place de l'Etoile seine Spur verloren haben. Ich würde Sie gern um die Erlaubnis bitten, einen allgemeinen Aufruf zu erlassen.«

»Können Sie nicht bei mir vorbeischauen?«

»Ich habe niemanden an der Hand, der mich vertreten könnte.«

»Veranlassen Sie den Aufruf. Ich komme rüber.«

Lecœur blieb ruhig, aber seine Hand zitterte ein wenig über den Buchsen.

»Bist du's, Justin? Allgemeiner Aufruf. Gib die Beschreibung des Jungen durch. Ich weiß nicht, wie er gekleidet ist, aber wahrscheinlich trägt er eine khakifarbene Jacke, die wie eine amerikanische Militärjacke geschnitten ist. Er ist recht groß für sein Alter und ziemlich dünn. Nein, keine Mütze. Er setzt nie eine auf, die Haare fallen ihm in die Stirn. Vielleicht solltest du auch die Beschreibung des Vaters durchgeben. Das ist schon schwieriger. Du weißt, wie ich aussehe, nicht wahr? Na ja, er ähnelt mir, aber er ist blasser. Er wirkt schüchtern, kränklich. Er ist der Typ, der sich nicht traut, mitten über den Bürgersteig zu gehen, und an den Häusern entlangschleicht. Er humpelt ein wenig, weil er im Krieg eine Kugel in den Fuß bekommen hat. Nein, ich habe keine Ahnung, wohin die beiden wollen. Ich glaube nicht, daß sie zusammen sind. Aber wahrscheinlich ist der Junge in Gefahr. Wieso? Das würde zu lange dauern, wenn ich dir das erkläre. Gib den Aufruf durch. Ich bin hier erreichbar, wenn es etwas Neues gibt.«

Noch ein Anruf, und schon war Kommissar Saillard

da, der vom Quai des Orfèvres herübergekommen war und nur über die Straße und durch die leeren Gebäude des Polizeipräsidiums hatte gehen müssen. Er war stattlich und trug einen mächtigen Überzieher. Zur Begrüßung tippte er lediglich an den Rand seines Huts, dann packte er sich einen Stuhl, als wäre er federleicht, und setzte sich rittlings drauf.

»Was ist mit dem Bengel?« fragte er schließlich und schaute Lecœur starr an.

»Ich frage mich, warum er nicht mehr anruft.«

»Anruft?«

»Aus welchem Grund hat er die Scheiben der Rufsäulen eingeschlagen? Sicher, um seinen Standort durchzugeben.«

»Und warum spricht er nicht in den Apparat, wenn er sich schon die Mühe macht, die Scheibe zu zertrümmern?«

»Wer weiß, vielleicht wird er verfolgt? Oder er verfolgt jemand ...«

»Das habe ich auch schon gedacht. Sagen Sie mal, Lecœur, Ihr Bruder steckt doch in einer nicht gerade berauschenden finanziellen Lage, oder?«

»Er ist arm, ja.«

»Nur arm?«

»Er hat vor drei Monaten seinen Arbeitsplatz verloren.«

»Wo?«

»Er war Setzer bei *La Presse* in der Rue du Croissant. Er hat auch immer nachts gearbeitet. Das scheint in der Familie zu liegen.«

»Und warum hat er seinen Arbeitsplatz verloren?«

»Wahrscheinlich, weil er sich mit jemand gestritten hat.«

»Hat er das öfters?«

Sie wurden von einem Anruf unterbrochen. Er kam aus dem 18. Arrondissement. Ein Junge war dort auf der Straße aufgelesen worden. Er hatte Stechpalmenzweige verkauft. Es handelte sich um einen kleinen Polen, der kein Wort Französisch sprach.

»Sie wollten wissen, ob er öfters Streit hatte? Ich weiß nicht, was ich darauf antworten soll. Mein Bruder war fast sein ganzes Leben lang krank. Als wir klein waren, hielt er sich beinahe ständig in seinem Zimmer auf und las. Er hat Berge von Büchern verschlungen. Aber er ging nie regelmäßig zur Schule.«

»Ist er verheiratet?«

»Seine Frau ist zwei Jahre nach der Hochzeit gestorben, und er blieb allein mit einem zehn Monate alten Baby zurück.«

»Hat er das Kind großgezogen?«

»Ja. Ich sehe ihn noch, wie er es gebadet hat, wie er ihm die Windeln wechselte, Fläschchen zubereitete...«

»Das ist keine Erklärung, weshalb er mit anderen Streit hatte.«

Natürlich nicht! In dem dicken Kopf des Kommissars hatten die Worte einen anderen Sinn.

»War er verbittert?«

»Nicht unbedingt. Er war es gewohnt.«

»Was?«

»Nicht so zu leben wie andere. Vielleicht ist Olivier – so heißt mein Bruder – nicht besonders intelligent.

Vielleicht weiß er durch das viele Lesen über manche Dinge zuviel und über andere zuwenig.«

»Glauben Sie, er wäre fähig, die alte Fayet umzubringen?«

Der Kommissar zog an seiner Pfeife. Man hörte den Telegrafisten oben auf und ab wandern, und die beiden anderen in dem Raum taten so, als hörten sie nicht hin.

»Sie war seine Schwiegermutter«, seufzte Lecœur. »Das hätten Sie über kurz oder lang doch erfahren.«

»Verstand er sich nicht mit ihr?«

»Er haßte sie.«

»Warum?«

»Weil sie ihn beschuldigte, ihre Tochter ins Unglück gestürzt zu haben. Es ging da um eine Operation, die nicht rechtzeitig vorgenommen wurde. Schuld daran war nicht mein Bruder, sondern das Krankenhaus, das die Frau nicht aufnehmen wollte, weil die Papiere nicht in Ordnung waren. Trotzdem hat sie die Sache immer meinem Bruder in die Schuhe geschoben.«

»Haben sie sich noch getroffen?«

»Sie müssen sich manchmal auf der Straße begegnet sein. Immerhin wohnten sie im gleichen Viertel.«

»Wußte der Junge Bescheid?«

»Daß die alte Fayet seine Großmutter war? Ich glaube nicht.«

»Hat ihm sein Vater nichts gesagt?«

Lecœur ließ die Lämpchen des Stadtplans nicht aus den Augen, aber um diese Zeit war nicht viel los. Sie leuchteten nur selten auf, und wenn, dann nur wegen einiger Verkehrsunfälle, eines Taschendiebstahls in der Metro oder eines Gepäckdiebstahls an der Gare de l'Est.

Keine Neuigkeiten von dem Jungen. Und dabei waren die Straßen von Paris so gut wie menschenleer. Auf den Gehsteigen der volkstümlichen Viertel spielten ein paar Kinder mit ihren neuen Spielzeugen, aber die Türen der meisten Häuser waren verschlossen und die Scheiben wegen der Hitze der Öfen beschlagen. Die Rolläden vor den Geschäften waren heruntergelassen, und in den Kneipen waren nur einige Stammgäste zu sehen.

Einzig die Glocken läuteten feierlich über den Dächern, und festlich gekleidete Familien betraten die Kirchen, aus denen immer wieder das laute Dröhnen der Orgeln nach draußen drang.

»Einen Augenblick, Herr Kommissar! Mir geht der Junge nicht aus dem Kopf. Es ist klar, daß er jetzt kaum noch Scheiben einschlagen kann, ohne Aufmerksamkeit zu erregen. Aber vielleicht sollte man einen Blick in die Kirchen werfen. In einem Lokal oder einem Café würde er auffallen, in einer Kirche hingegen ...«

Er rief wieder bei Justin an.

»Die Kirchen, Alter! Gib durch, man soll die Kirchen überwachen. Und die Bahnhöfe. An die Bahnhöfe hatte ich auch nicht gedacht.«

Er nahm seine Brille ab, und der Kommissar sah, daß seine Augenlider stark gerötet waren, vielleicht nur, weil er nicht geschlafen hatte.

»Hallo? Die Zentrale, ja. Wie bitte? Ja, der Kommissar ist hier.«

Er reichte Saillard den Hörer.

»Für Sie. Janvier.«

Draußen blies weiter der Wind, und das Licht blieb kalt und hart mit einem Hauch Gelb hinter der dichten

Wolkendecke, ein Gelb, das ein wenig Sonne zu versprechen schien.

Der Kommissar legte auf und brummte:

»Dr. Paul behauptet, das Verbrechen wurde heute morgen zwischen fünf und halb sieben verübt. Die Alte ist nicht nur mit einem Schlag getötet worden. Sie muß im Bett gelegen und ein Geräusch gehört haben. Sie ist aufgestanden und wahrscheinlich mit einem Schuh auf den Eindringling losgegangen.«

»Die Waffe hat man nicht gefunden?«

»Nein. Vermutlich handelt es sich um ein Rohrstück aus Stahl oder um ein stumpfes Werkzeug, einen Hammer vielleicht.«

»Hat man das Geld entdeckt?«

»Nur ihr Portemonnaie mit ein paar kleinen Scheinen und ihrem Ausweis. Sagen Sie, Lecœur, wußten Sie, daß die Frau Geld zu hohen Zinsen verlieh?«

»Ja.«

»Haben Sie mir nicht vorhin gesagt, daß Ihr Bruder vor ungefähr drei Monaten seine Stelle verloren hat?«

»Ja, das stimmt.«

»Die Concierge wußte nichts davon.«

»Sein Sohn auch nicht. Seinetwegen hat er nichts davon erzählt.«

Der Kommissar legte kurz die Beine übereinander. Offenbar fühlte er sich unbehaglich, er schaute zu den beiden anderen hinüber, die bestimmt alles mithörten. Schließlich starrte er mit einer Miene, als verstände er nichts mehr, Lecœur an.

»Ist Ihnen klar, alter Freund, daß …?«

»Ja, ich weiß.«

»Haben Sie daran gedacht?«

»Nein.«

»Weil er Ihr Bruder ist?«

»Nein.«

»Wie lange treibt der Mörder jetzt sein Unwesen? Seit neun Wochen, nicht wahr?«

Lecœur schlug ohne Eile sein Notizbuch auf, suchte nach einem Kreuz in einer bestimmten Spalte.

»Seit neuneinhalb Wochen. Das erste Verbrechen wurde im Viertel Les Epinettes, am anderen Ende von Paris, begangen.«

»Sie haben gesagt, Ihr Bruder habe seinem Sohn nicht gestanden, daß er seine Arbeit verloren hat. Heißt das, er verließ weiter das Haus und kam zur gewohnten Zeit zurück? Warum?«

»Um nicht das Gesicht zu verlieren.«

»Wie bitte?«

»Das ist schwer zu erklären. Er ist anders als andere Väter. Er hat das Kind ganz allein großgezogen. Sie lebten zusammen. Wie ein kleiner Haushalt, verstehen Sie? Tagsüber bereitet mein Bruder das Essen zu, putzt die Wohnung. Er bringt seinen Sohn ins Bett, bevor er geht, weckt ihn, wenn er zurückkommt...«

»Das erklärt noch nicht, warum...«

»Glauben Sie, ein solcher Mann möchte seinem Sohn gegenüber als armer Schlucker dastehen, dem alle Türen verschlossen sind, weil er nicht in der Lage ist, sich anzupassen?«

»Und was hat er in den letzten Monaten nachts gemacht?«

»Zwei Wochen lang hatte er eine Stelle als Nachtwächter bei einer Firma in Billancourt. Aber das war nur zur Aushilfe. Meistens hat er in den Werkstätten Wagen gewaschen. Immer wenn er keine Beschäftigung fand, hat er in den Gemüsehallen geschuftet. Wenn er seine Anfälle hatte ...«

»Was für Anfälle?«

»Asthma ... Das hatte er von Zeit zu Zeit ... Dann legte er sich in den Wartesaal eines Bahnhofs. Einmal hat er die Nacht bei mir verbracht, um mit mir zu reden.«

»Angenommen, der Junge hat heute morgen seinen Vater bei der alten Fayet gesehen ...«

»Es war Rauhreif an den Fenstern.«

»Nicht, wenn das Fenster einen Spalt geöffnet war. Viele Leute schlafen selbst im Winter bei offenem Fenster.«

»Das ist bei meinem Bruder nicht der Fall. Er friert schnell, zudem können sie es sich nicht leisten, Wärme zu vergeuden.«

»Der Junge kann den Rauhreif abgekratzt haben. Als ich klein war, habe ich ...«

»Ich auch. Man müßte wissen, ob bei der alten Fayet das Fenster offenstand.«

»Das Fenster war offen, und es brannte Licht.«

»Ich frage mich, wo François sein mag.«

»Der Junge?«

Es war verblüffend, ein wenig peinlich, daß er nur an das Kind dachte. Fast noch peinlicher war, daß er gelassen verriet, was seinen Bruder bedrückte.

»Als er heute morgen zurückkam, hatte er die Arme voller Pakete, haben Sie daran gedacht?«

»Es ist Weihnachten.«

»Er brauchte Geld, um ein Hähnchen, Kuchen und ein Radio zu kaufen. Hat er sich kürzlich welches bei Ihnen geliehen?«

»Seit einem Monat nicht. Schade, daß er François ein Radio gekauft hat. Ich habe nämlich auch eines hier in der Garderobe, das ich ihm nach Dienstschluß mitbringen wollte.«

»Wäre die alte Fayet bereit gewesen, ihrem Schwiegersohn Geld zu leihen?«

»Das ist unwahrscheinlich. Sie ist eine merkwürdige Frau. Sie muß genug Geld zum Leben gehabt haben und ist doch weiter von morgens bis abends putzen gegangen. Häufig hat sie sogar den Leuten Geld geliehen, bei denen sie arbeitete. Das ganze Viertel weiß Bescheid. Man wendet sich an sie, wenn es zum Monatsende knapp wird.«

Der Kommissar stand auf, er schien sich immer noch unbehaglich zu fühlen.

»Ich werde hinfahren«, erklärte er.

»Zu der Alten?«

»Zu der Alten und in die Rue Vasco-de-Gama. Rufen Sie mich an, wenn es etwas Neues gibt.«

»Die beiden Häuser haben kein Telefon. Ich werde dem Revier eine Nachricht hinterlassen.«

Der Kommissar hatte die Tür zugezogen und war bereits auf der Treppe, als es klingelte. Keines der Lämpchen war angegangen. Die Gare d'Austerlitz rief an.

»Lecœur? Wir haben den Kerl.«

»Welchen Kerl?«

»Dessen Beschreibung Sie durchgegeben haben. Er heißt Lecœur wie Sie, Olivier Lecœur. Ich habe seinen Ausweis kontrolliert.«

»Moment.«

Er lief zur Tür, stürzte die Treppe hinunter und holte im Hof, neben den Mannschaftswagen, im letzten Augenblick Saillard ein, der gerade in einem kleinen Wagen des Präsidiums Platz nahm.

»Die Gare d'Austerlitz ist am Telefon. Sie haben meinen Bruder gefunden.«

Der schwergewichtige Kommissar ächzte, während er die Treppen hinaufstieg, ging selbst an den Apparat.

»Hallo? Ja ... Wo war er? ... Was hat er gemacht? ... Was sagt er? ... Wie bitte? ... Nein, nicht nötig, daß Sie ihn jetzt vernehmen ... Sind Sie sicher, daß er es nicht weiß? ... Überwachen Sie weiterhin den Bahnhof ... Das ist gut möglich ... Und ihn selbst schicken Sie mir bitte sofort her ...«

Er zögerte und schaute Lecœur an.

»Nicht allein, ja. Sicher ist sicher.«

Er stopfte erst seine Pfeife und zündete sie an, bevor er, als redete er zu sich selbst, erklärte:

»Man hat ihn gefaßt, als er schon seit über einer Stunde durch die Wartesäle und über die Bahnsteige schlich. Er war völlig aus dem Häuschen. Er hat von einer Nachricht seines Sohns geredet. Er sagt, er habe dort auf ihn gewartet.«

»Hat man ihm mitgeteilt, daß die Alte tot ist?«

»Ja. Er schien ganz entsetzt. Sie bringen ihn.«

Zögernd fügte er hinzu:

»Ich habe veranlaßt, ihn hierher zu bringen. Immerhin ist er Ihr Bruder, ich wollte nicht, daß Sie denken...«

»Ich danke Ihnen.«

Lecœur saß seit elf Uhr abends in diesem Büro, auf dem gleichen Stuhl, und ihm war wie früher, als er sich als kleines Kind in der Küche seiner Mutter aufhielt. Nichts um ihn herum rührte sich. Kleine Lämpchen leuchteten auf, er steckte seine Stöpsel in die Buchsen, die Zeit verstrich, ohne daß man es merkte, sozusagen reibungslos, und doch hatte Paris draußen ein Weihnachtsfest erlebt, Tausende von Leuten hatten an den Christmetten teilgenommen, andere hatten laut in den Restaurants gefeiert, Betrunkene hatten die Nacht in der Arrestzelle verbracht und wachten nun vor einem Kommissar auf, Kinder waren an den Christbaum mit den brennenden Kerzen gestürzt...

Was hatte sein Bruder Olivier in all dieser Zeit gemacht? Eine alte Frau war gestorben, ein Junge war vor Tagesanbruch durch die menschenleeren Straßen gerannt, daß es ihm die Puste verschlagen mußte, und hatte mit seiner in ein Taschentuch gewickelten Faust die Scheiben mehrerer Notrufsäulen eingeschlagen.

Worauf hatte Olivier nervös, mit verkrampftem Gesicht, in den überhitzten Wartesälen und auf den zugigen Bahnsteigen der Gare d'Austerlitz gewartet?

Knapp zehn Minuten verstrichen, Zeit genug für Godin mit seiner laufenden Nase, sich einen weiteren Grog zu machen.

»Möchten Sie auch einen, Herr Kommissar?«

»Danke, nein.«

Leise, verlegen flüsterte Saillard Lecœur zu:

»Möchten Sie, daß wir ihn in einem anderen Zimmer vernehmen?«

Aber Lecœur wollte seine Lämpchen und seine Stöpsel, die ihn mit sämtlichen Punkten von Paris verbanden, nicht verlassen. Sie kamen die Treppe hoch. Zwei Inspektoren rahmten Olivier ein, dem man jedoch keine Handschellen angelegt hatte.

Er sah aus wie ein schlechtes, nach und nach verblaßtes Foto von André. Sein Blick richtete sich sogleich auf seinen Bruder.

»Was ist mit François?«

»Wir wissen es noch nicht. Wir suchen ihn.«

»Wo?«

Lecœur konnte nur auf den Plan zeigen, auf die Vermittlungsanlage mit den Hunderten von Löchern.

»Überall.«

Der Kommissar hatte die beiden Inspektoren bereits fortgeschickt und sagte:

»Setzen Sie sich. Man hat Ihnen mitgeteilt, daß die alte Fayet tot ist, nicht wahr?«

Olivier trug keine Brille, aber er hatte die gleichen farblosen Augen, den gleichen ausweichenden Blick wie sein Bruder, wenn dieser seine Brille abnahm, so daß man ständig den Eindruck hatte, er habe geweint. Er schaute den Kommissar einen Moment lang an, ohne ihm Beachtung zu schenken.

»Er hat mir einen Zettel geschrieben ...« sagte er und wühlte in den Taschen seines alten Gabardinemantels. »Verstehst du das ...?«

Er reichte seinem Bruder ein Blatt, das aus einem Schulheft herausgerissen war. Die Schrift war unregelmäßig. Wahrscheinlich gehörte der Junge nicht zu den besten Schülern seiner Klasse. Er hatte einen violetten Farbstift benutzt, dessen Spitze er angefeuchtet hatte, so daß er jetzt vermutlich einen Fleck auf der Lippe hatte.

*Onkel Gédéon kommt heute morgen an der Gare d'Austerlitz an. Komm schnell nach. Küsse.*

*Bib*

Wortlos reichte André Lecœur den Zettel dem Kommissar, der ihn mehrmals zwischen seinen dicken Fingern wendete.

»Warum Bib?«

»So habe ich ihn unter uns genannt. Nicht vor anderen Leuten, das wäre ihm peinlich gewesen. Das stammt noch aus der Zeit, wo ich ihm seine Fläschchen gegeben habe.«

Er redete mit unbeteiligter, ruhiger Stimme. Wahrscheinlich sah er um sich nur eine Art Nebel, in dem sich Silhouetten bewegten.

»Wer ist Onkel Gédéon?«

»Den gibt es nicht.«

Wußte er überhaupt, daß er mit dem Leiter der Mordkommission redete, der in einem Verbrechen ermittelte?

Sein Bruder erklärte:

»Genauer gesagt, es gibt ihn nicht mehr. Ein Bruder unserer Mutter namens Gédéon ist als junger Mann nach Amerika gegangen.«

Olivier schaute ihn an, als wollte er sagen: »Was nützt es, all das zu erzählen?«

»Zu Hause haben wir immer scherzhaft gesagt: ›Eines Tages werden wir Onkel Gédéon beerben.‹«

»War er reich?«

»Keine Ahnung. Er ließ nie etwas von sich hören. Nur eine Postkarte zum Neuen Jahr, mit der Unterschrift: Gédéon.«

»Ist er tot?«

»Er starb, als Bib vier Jahre alt war.«

»Glaubst du, das hilft uns weiter, André?«

»Wir suchen ihn. Laß mich machen. Mein Bruder hat die Familientradition fortgeführt und seinem Sohn von Onkel Gédéon erzählt. Er war so etwas wie eine legendäre Gestalt geworden. Jeden Abend vorm Einschlafen bat das Kind um eine Geschichte über Onkel Gédéon, dem viele Abenteuer angedichtet wurden. Natürlich war er sagenhaft reich, und wenn er eines Tages zurückkäme ...«

»Ich glaube, ich habe verstanden. Wo ist er gestorben?«

»Im Krankenhaus von Cleveland, wo er als Tellerwäscher in einem Restaurant gearbeitet hat. Das haben wir dem Jungen nie gesagt. Wir haben die Geschichte weitergesponnen.«

»Hat er sie geglaubt?«

Der Vater mischte sich schüchtern ein. Es hätte nicht viel gefehlt, und er hätte mit dem Finger aufgezeigt wie in der Schule.

»Mein Bruder meint nein, er glaubt, der Kleine habe alles erraten und das sei auch für ihn nur noch ein Spiel. Ich bin mir dagegen fast sicher, daß er immer noch daran geglaubt hat. Als ihm seine Klassenkameraden erzählt haben, es gebe keinen Weihnachtsmann, hat er ihnen zwei Jahre lang widersprochen...«

Wenn er von seinem Sohn sprach, kam Leben in ihn, und sein Gesicht war wie verklärt.

»Ich begreife nicht, warum er mir diesen Zettel geschrieben hat. Ich habe die Concierge gefragt, ob ein Telegramm gekommen sei. Einen Moment lang habe ich geglaubt, André habe uns einen Streich gespielt. Warum hat François um sechs Uhr morgens die Wohnung verlassen und mich aufgefordert, zur Gare d'Austerlitz zu kommen? Ich bin wie ein Verrückter dorthin geeilt. Ich habe überall gesucht. Ich habe ständig gehofft, daß er auftaucht. André, bist du ganz sicher, daß...?«

Er sah auf die Wandkarte, die Vermittlungsanlage. Er wußte, daß sämtliche Katastrophen, sämtliche Unfälle von Paris unweigerlich dort gemeldet wurden.

»Wir haben ihn nicht gefunden«, sagte Lecœur. »Wir suchen weiter. Um acht Uhr war er in der Nähe der Place de l'Etoile.«

»Woher weißt du das? Hat ihn jemand gesehen?«

»Das ist schwer zu erklären. Auf der ganzen Strecke von deinem Haus bis zum Triumphbogen hat jemand die Scheiben der Notrufsäulen eingeschlagen. Vor der letzten ist ein blau-weiß kariertes Kindertaschentuch gefunden worden.«

»Er hat blau-weiß karierte Taschentücher.«

»Seit acht Uhr ist nichts mehr passiert.«

»Dann muß ich sofort zum Bahnhof zurück. Er wird bestimmt kommen, weil er mich dorthin bestellt hat.«

Er wunderte sich über das Schweigen, das plötzlich

ringsum herrschte, schaute die andern der Reihe nach an, erst überrascht, dann beunruhigt.

»Was...?«

Sein Bruder senkte den Kopf, während sich der Kommissar räusperte, schließlich mit zögerlicher Stimme sprach:

»Haben Sie letzte Nacht Ihre Schwiegermutter besucht?«

Vielleicht hatte er, wie sein Bruder angedeutet hatte, wirklich eine etwas merkwürdige Intelligenz. Es dauerte eine Weile, bis die Worte sein Hirn erreicht hatten. Und irgendwie konnte man seinem Gesicht die langsame Abfolge seiner Gedanken ansehen.

Er hörte auf, den Kommissar anzustarren, und wandte sich, hochrot und mit blitzenden Augen, fauchend an seinen Bruder:

»André! Hast du es etwa gewagt...?«

Ebenso plötzlich flaute seine Erregung ab, er beugte sich auf seinem Stuhl nach vorn, faßte seinen Kopf mit beiden Händen und brach in ein heiseres Schluchzen aus.

## 3

Kommissar Saillard schaute André Lecœur peinlich berührt an, wunderte sich über dessen Ruhe, verübelte ihm vielleicht ein wenig diese scheinbare Gleichgültigkeit. Hatte Saillard vielleicht keinen Bruder? Lecœur hatte von frühester Kindheit an Erfahrung im Umgang mit Olivier. Solche Anfälle hatte sein Bruder schon als kleiner Junge gehabt, und im vorliegenden Fall war er noch froh, denn das hätte auch viel übler ablaufen können; statt der Tränen, statt dieser schwermütigen, fast stumpfsinnigen Resignation hätten sie auch einen empörten, aufbrausenden Olivier erleben können, der jedem die Meinung gesagt hätte.

Hatte er so nicht regelmäßig seinen Arbeitsplatz verloren? Wochenlang, monatelang ordnete er sich unter, schluckte die Erniedrigungen, schwelgte in seinem Schmerz, um plötzlich, wenn man am wenigsten darauf gefaßt war, fast immer aus einem nichtigen Grund, wegen eines unbedachten Worts, eines Grinsens, einer unwichtigen Meinungsverschiedenheit in die Luft zu gehen.

»Was soll ich machen?« fragte der Blick des Kommissars.

Und André Lecœurs Augen antworteten:

»Abwarten . . .«

Das dauerte nicht lang. Wie bei einem Kind ließ das Schluchzen nach, erstarb fast, setzte für einen Moment heftiger noch wieder ein. Dann schneuzte sich Olivier. Er riskierte einen Blick in die Runde, verbarg sein Gesicht, schien noch ein wenig zu schmollen.

Schließlich richtete er sich auf, verbittert, resigniert, und sagte nicht ohne Stolz:

»Stellen Sie Ihre Fragen, ich werde antworten.«

»Um wieviel Uhr sind Sie heute nacht zu der alten Fayet gegangen? Moment. Sagen Sie mir zuerst, wann Sie Ihre Wohnung verlassen haben.«

»Um acht Uhr, wie immer, kurz nachdem ich meinen Sohn ins Bett gebracht habe.«

»Und vorher hat sich nichts Ungewöhnliches ereignet?«

»Nein. Wir haben zusammen gegessen. Er hat mir beim Abwaschen geholfen.«

»Haben Sie über Weihnachten geredet?«

»Ja. Ich habe angedeutet, daß ihn eine Überraschung erwartet, wenn er aufwacht.«

»Rechnete er damit, ein Radio geschenkt zu bekommen?«

»Er wünschte sich seit langem eins. Er spielt nicht auf der Straße, hat keine Freunde, verbringt seine ganze Freizeit zu Hause.«

»Ist Ihnen nie der Gedanke gekommen, daß Ihr Sohn vielleicht weiß, daß Sie Ihren Arbeitsplatz bei *La Presse* verloren haben? Hat er Sie nie dort angerufen?«

»Nein. Er schlief, wenn ich bei der Arbeit war.«

»Und jemand anders kann es ihm nicht gesagt haben?«

»Niemand im Viertel wußte davon.«

»Ist er ein guter Beobachter?«

»Ihm entgeht nichts, was um uns herum vorgeht.«

»Sie haben ihn also ins Bett gebracht und sind gegangen. Haben Sie nichts zu essen mitgenommen?«

Der Gedanke war dem Kommissar gekommen, als er Godin ein Schinkenbrot auspacken sah. Olivier Lecœur starrte unvermittelt auf seine leeren Hände und murmelte:

»Meine Dose!«

»Die Dose, in der Sie gewöhnlich Ihr Essen mitnahmen?«

»Ja. Gestern abend hatte ich sie, da bin ich ganz

sicher. Es gibt nur einen Ort, wo ich sie gelassen haben kann...«

»Bei der alten Fayet?«

»Ja.«

»Einen Moment... Lecœur, verbinden Sie mich mit Javel... Hallo?... Wer ist am Apparat?... Ist Janvier da?... Würden Sie ihn bitte rufen?... Bist du's, Janvier? Du hast doch die Wohnung der Alten durchsucht. Ist dir eine Blechdose mit einem Imbiß aufgefallen?... Bist du sicher?... Das wäre mir lieb, ja... Ruf mich zurück, sobald du nachgeschaut hast... Das ist wichtig...«

Er wandte sich wieder an Olivier:

»Schlief Ihr Sohn, als Sie gingen?«

»Noch nicht. Ich habe ihm einen Gutenachtkuß gegeben und bin dann durch die Gegend geschlendert. An der Seine habe ich mich auf das Geländer gesetzt und habe gewartet.«

»Worauf?«

»Daß mein Sohn fest schlief. Von unserer Wohnung aus kann man die Fenster von Madame Fayet sehen.«

»Sie hatten beschlossen, zu ihr zu gehen?«

»Es blieb mir nichts anderes übrig. Ich hatte nicht einmal Geld für die Metro.«

»Und Ihr Bruder?«

Die beiden Brüder schauten einander an.

»Ich habe ihn in letzter Zeit um so viel Geld gebeten, daß er sicher keines mehr übrig hat.«

»Haben Sie an der Haustür geklingelt? Um wieviel Uhr war das?«

»Kurz nach neun. Die Concierge hat mich vorbeigehen sehen. Ich habe mich nicht versteckt. Nur mein Sohn sollte nichts davon wissen.«

»Ihre Schwiegermutter lag noch nicht im Bett?«

»Nein. Sie hat aufgemacht und gesagt: ›Du bist das, du Lump.‹«

»Wußten Sie, daß sie Ihnen trotzdem Geld geben würde?«

»Ich war mir fast sicher.«

»Weshalb?«

»Man brauchte ihr nur einen großen Gewinn zu versprechen. Da konnte sie nicht widerstehen. Ich habe ihr schriftlich bestätigt, daß ich ihr das Doppelte des Betrages schulde.«

»Zahlbar wann?«

»In vierzehn Tagen.«

»Und wie wollten Sie ihr am Fälligkeitstag die Summe zurückerstatten?«

»Ich weiß es nicht. Ich hätte es schon geschafft. Ich wollte, daß mein Sohn ein frohes Weihnachtsfest hat.«

André Lecœur hätte seinen Bruder am liebsten unterbrochen, um dem verblüfften Kommissar zu erklären: »So war er schon immer.«

»Haben Sie das gewünschte Geld schnell bekommen?«

»Nein. Wir haben lange verhandelt.«

»Wie lange ungefähr?«

»Eine halbe Stunde. Sie hat mich daran erinnert, daß ich ein Taugenichts sei, daß ich ihrer Tochter nur Unglück gebracht hätte und daß sie durch meine Schuld gestorben sei. Ich habe keine Antwort gegeben. Ich wollte das Geld.«

»Bedroht haben Sie sie nicht?«

Er lief rot an, senkte den Kopf, stammelte:

»Ich habe ihr gesagt, wenn ich das Geld nicht bekäme, würde ich mich umbringen.«

»Hätten Sie es getan?«

»Ich glaube nicht. Ich weiß es nicht. Ich war ziemlich am Ende, ziemlich verzweifelt.«

»Und als Sie im Besitz des Geldes waren?«

»Bin ich zu Fuß zur Station Beaugrenelle gegangen und dort in die Metro gestiegen. Ich bin bis Palais Royal gefahren und in die großen Geschäfte am Louvre gegangen. Sie waren brechend voll. Die Leute standen Schlange vor den einzelnen Abteilungen.«

»Um wieviel Uhr war das?«

»Gegen elf. Ich hatte es nicht eilig. Ich wußte, daß das Kaufhaus die Nacht über aufhatte. Es war warm. Und es lief eine elektrische Eisenbahn.«

Sein Bruder lächelte dem Kommissar zu.

»Haben Sie nicht gemerkt, daß Sie die Dose mit Ihrem Imbiß liegengelassen hatten?«

»Ich dachte nur an Bibs Bescherung.«

»Sie waren also ganz aufgeregt, weil Sie Geld in der Tasche hatten?«

Der Kommissar begriff rasch. Er brauchte Olivier nicht als kleines Kind erlebt zu haben. So niedergeschlagen er sein konnte, unauffällig, jemand, der mit hängenden Schultern an den Hauswänden entlangschlich, so zuversichtlich, ja leichtsinnig wurde er, sobald er ein paar Scheine in der Tasche hatte.

»Sie haben gesagt, Sie hätten Ihrer Schwiegermutter einen Wechsel ausgestellt. Was hat sie damit gemacht?«

»Sie hat ihn in eine alte Brieftasche gesteckt, die sie immer bei sich trug, in einer Tasche, die unter ihrem Rock an ihrem Hüftgürtel befestigt war.«

»Kannten Sie diese Brieftasche?«

»Ja. Jeder kennt sie.«

Der Kommissar wandte sich an André Lecœur:

»Man hat sie nicht gefunden.«

Dann wieder zu Olivier:

»Sie haben das Radio, ein Hühnchen und Kuchen gekauft. Wo?«

»In der Rue Montmartre, in einem Laden, den ich kenne, neben einem Schuhgeschäft.«

»Wie haben Sie den Rest der Nacht verbracht? Wieviel Uhr war es, als Sie den Laden in der Rue Montmartre verlassen haben?«

»Kurz vor Mitternacht. Die Leute kamen aus den Theatern und Kinos und liefen in die Restaurants. Sehr fröhliche Gruppen, viele Pärchen.«

Um diese Zeit hatte sein Bruder schon vor seiner Vermittlungsanlage gesessen.

»Ich war auf den Grands Boulevards, in Höhe des Crédit Lyonnais, und hatte meine Pakete in der Hand, als die Glocken anfingen zu läuten. Die Menschen haben sich auf der Straße umarmt.«

Saillard konnte sich eine überflüssige, gemeine Frage nicht verkneifen:

»Und Sie hat niemand umarmt?«

»Nein.«

»Wußten Sie, wohin Sie gehen wollten?«

»Ja. An der Ecke des Boulevard des Italiens gibt es ein Nonstop-Kino, das die ganze Nacht offen ist.«

»Waren Sie dort schon öfters?«

Ein wenig verlegen, ohne seinen Bruder anzuschauen, antwortete er:

»Zwei-, dreimal. Das kostet nicht mehr als eine Tasse Kaffee in einem Lokal, und man kann so lange bleiben, wie man will. Es ist warm darin. Einige kommen, um zu schlafen.«

»Wann haben Sie beschlossen, die Nacht in dem Kino zu verbringen?«

»Als ich das Geld hatte.«

Und der andere Lecœur, der ruhige und gewissenhafte Mann vor der Vermittlungsanlage, hätte dem Kommissar am liebsten erklärt:

»Wissen Sie, die armen Leute sind nicht so unglücklich, wie man glaubt. Sonst würden sie es nicht aushalten. Sie haben auch ihre Welt und manch kleine Freude in den Winkeln dieser Welt.«

Er erkannte seinen Bruder nur zu gut wieder: Kaum hatte er sich ein wenig Geld geliehen – wie wollte er es je zurückzahlen, Herrgott? –, hatte er seinen Kummer vergessen und nur noch an das Glück seines Sohnes am nächsten Morgen gedacht, sich selbst aber dennoch eine kleine Belohnung gegönnt!

Er war allein ins Kino gegangen, während Familien an ihren reich gedeckten Tischen saßen, Massen von Menschen in den Nachtlokalen tanzten und andere im Halbdunkel einer Kirche, in der Kerzen flackerten, seelische Erbauung suchten.

Kurz und gut, er hatte sein eigenes Weihnachten gehabt, ein Weihnachten auf seine Art.

»Um wieviel Uhr haben Sie das Kino verlassen?«

»Kurz vor sechs, um die Metro zu nehmen.«

»Welchen Film haben Sie gesehen?«

»*Glühende Herzen*. Außerdem lief ein Dokumentarfilm über das Leben der Eskimos.«

»Haben Sie den Film nur einmal gesehen?«

»Zweimal, dazu die Wochenschau, die erneut lief, als ich gegangen bin.«

André Lecœur wußte, daß man das überprüfen würde, und sei es nur aus Routine. Aber das war überflüssig. Sein Bruder wühlte in seinen Taschen, holte eine durchgerissene Eintrittskarte hervor und ein weiteres hellrotes Stück Papier.

»Da! Ich habe sogar noch meinen Metrofahrschein.«

Uhrzeit, Datum und der Stempel der Station Opéra, wo er sie gelöst hatte, waren darauf vermerkt.

Olivier hatte nicht gelogen. Er konnte nicht zwischen fünf und halb sieben in der Wohnung der alten Fayet gewesen sein.

Jetzt war eine Spur Herausforderung, wenn nicht Verachtung in seinem Blick. Er schien ihnen, seinen Bruder eingeschlossen, sagen zu wollen:

»Nur weil ich arm bin, habt ihr mich verdächtigt. Das ist immer so. Ich nehm's euch nicht übel.«

Merkwürdig, plötzlich hatte man den Eindruck, es sei kälter geworden in diesem Raum, in dem einer der Angestellten mit einem Polizeirevier am Stadtrand wegen eines gestohlenen Fahrzeugs telefonierte.

Das rührte wahrscheinlich daher, daß jetzt, wo der Fall Lecœur geklärt war, alle Gedanken wieder um das Kind kreisten. Unwillkürlich richteten sich alle Blicke auf den Stadtplan, an dem seit einer Weile kein Lämpchen mehr aufgeflammt war.

Es gab nichts zu melden. An anderen Tagen wäre von Zeit zu Zeit ein Unfall durchgegeben worden, Unfälle mit alten Frauen vor allem, die an den belebten Kreuzungen des Montmartre und der dichtbevölkerten Viertel angefahren wurden.

Heute waren die Straßen beinahe leer, wie im August, wenn die meisten Pariser auf dem Land oder am Meer sind.

Es war halb zwölf. Seit über drei Stunden hatte man nichts mehr von dem Jungen gehört, hatte er kein Lebenszeichen mehr gegeben.

»Hallo? Ja... Ich höre, Janvier... Was sagst du? Es ist keine Dose in der Wohnung zu sehen?... Schön... Hast du die Kleidungsstücke der Toten durchsucht?... Das hat Gonesse schon getan?... Bist du sicher, daß sie unter ihrem Rock keine Brieftasche trug? Man hat dir davon erzählt?... Die Concierge hat gestern abend gegen halb zehn jemand gesehen, der die Treppe raufgegangen ist?... Ich weiß, wer das war... Und danach? Das war die ganze Nacht ein einziges Kommen und Gehen... Klar... Könntest du noch mal hinfahren?... Zu dem hinteren Haus, ja... Ich würde gern wissen, ob es im Laufe der Nacht Lärm gegeben hat, vor allem auf der dritten Etage... Ruf mich an, genau...«

Er wandte sich an den Vater, der wieder reglos und unterwürfig, wie im Wartesaal eines Arztes, auf seinem Stuhl saß.

»Verstehen Sie den Grund meiner Frage?... Wird Ihr Sohn im Laufe der Nacht mitunter wach?«

»Er schlafwandelt manchmal.«

»Steht er auf, läuft er umher?«

»Nein. Er setzt sich auf und ruft. Das ist immer das gleiche. Er glaubt, das Haus stehe in Flammen. Er schlägt die Augen auf, sieht aber nichts. Dann wird sein Blick nach und nach normal, und er legt sich mit einem tiefen Seufzer wieder hin. Am nächsten Morgen kann er sich an nichts erinnern.«

»Schläft er noch, wenn Sie morgens zurückkommen?«

»Nicht immer. Aber selbst wenn er wach ist, stellt er sich schlafend, damit ich ihn wecke, ihm einen Kuß gebe und zärtlich in die Nase zwicke, verstehen Sie?«

»Wahrscheinlich haben die Nachbarn letzte Nacht mehr Lärm gemacht als sonst. Wer wohnt im gleichen Stock wie Sie?«

»Ein Tscheche, der in einer Autofabrik arbeitet.«

»Ist er verheiratet?«

»Ich weiß es nicht. Es wohnen so viele Leute im Haus, und die Mieter wechseln so oft, daß man sie kaum kennt. Samstags lädt der Tscheche immer ein halbes Dutzend Freunde ein, und dann trinken sie und singen Lieder aus seiner Heimat.«

»Janvier wird uns anrufen und sagen, ob das gestern auch so war. Wenn ja, könnten sie Ihren Sohn geweckt haben. Außerdem dürfte ihn die Überraschung, die Sie ihm versprochen haben, nervös gemacht haben. Wenn er aufgestanden ist, könnte es sein, daß er automatisch zum Fenster gegangen ist und Sie bei der alten Fayet gesehen hat. Ahnte er, daß sie Ihre Schwiegermutter war?«

»Nein. Er mochte sie nicht. Er nannte sie ›Wanze‹. Er ist ihr oft auf der Straße begegnet und behauptete, sie röche nach zerquetschten Wanzen.«

Darin mußte sich der Junge auskennen, denn in ihrer ärmlichen Behausung gab es sicher genug von diesen Tierchen.

»Es hätte ihn also gewundert, Sie bei ihr zu sehen?«

»Bestimmt.«

»Wußte er, daß sie Geld verlieh?«

»Jeder wußte es.«

Der Kommissar wandte sich an den anderen Lecœur.

»Glauben Sie, daß heute jemand bei *La Presse* ist?«

Der ehemalige Setzer antwortete ihm.

»Es ist jemand da.«

»Dann rufen Sie an. Versuchen Sie herauszubekommen, ob sich jemand nach Olivier Lecœur erkundigt hat.«

Jener wandte erneut den Kopf ab. Bevor sein Bruder dazu kam, das Telefonbuch aufzuschlagen, hatte er schon die Nummer der Druckerei genannt. Während des Anrufs konnte man nichts tun, als einander anzusehen oder auf die Lämpchen zu starren, die sich hartnäckig weigerten aufzuleuchten.

»Es ist äußerst wichtig, Mademoiselle. Möglicherweise geht es auf Leben und Tod ... Aber ja! ... Machen Sie sich bitte die Mühe und fragen Sie alle, die zur Zeit da sind ... Was sagen Sie? Ich kann es nicht ändern! Es ist auch für mich Weihnachten, und trotzdem rufe ich Sie an ...«

Er brummelte:

»Dumme Gans!«

Und wieder warteten sie, während aus dem Apparat das Klappern der Setzmaschinen drang.

»Hallo?... Wie bitte?... Vor drei Wochen? Ein Kind, ja...«

Der Vater war kreidebleich geworden und starrte auf seine Hände.

»Er hat nicht angerufen? Er ist persönlich gekommen? Um wieviel Uhr? An einem Donnerstag? Und dann?... Er hat gefragt, ob Olivier Lecœur in der Druckerei arbeitet?... Wie bitte?... Was hat man ihm geantwortet?...«

Sein Bruder blickte zu ihm hinüber, sah, daß er rot wurde und wütend den Hörer auflegte.

»Dein Sohn war an einem Donnerstagnachmittag da... Er muß etwas geahnt haben... Man hat ihm erzählt, daß du seit einigen Wochen nicht mehr bei *La Presse* arbeitest.«

Wozu die Worte wiederholen, die er gerade vernommen hatte? Man hatte dem Jungen gesagt:

»Dieser Idiot, den haben wir schon vor einiger Zeit rausgeschmissen!«

Vielleicht nicht einmal aus Grausamkeit. Wahrscheinlich hatte man nicht gewußt, daß man den Sohn vor sich hatte.

»Geht dir jetzt ein Licht auf, Olivier?«

Jener packte Abend für Abend seine Brote ein und ging, erzählte von seiner Setzerei in der Rue de Croissant, und der Junge wußte, daß er log.

Mußte man nicht daraus schließen, daß er auch über den berühmten Onkel Gédéon Bescheid wußte?

Er hatte das Spiel mitgemacht.

»Und ich, ich verspreche ihm noch ein Radio ...«

Sie wagten kaum zu sprechen, da jeder Satz erschreckende Bilder auszulösen drohte.

Selbst diejenigen, die nie in der Rue Vasco-de-Gama gewesen waren, konnten sich nun die ärmliche Wohnung vorstellen, den zehnjährigen Jungen, der stundenlang darin ausharrte, diesen seltsamen Haushalt von Vater und Sohn, die sich aus Angst, einander weh zu tun, gegenseitig belogen.

Man mußte sich die Dinge aus der Sicht eines Kindes vorstellen: Der Vater, der aus dem Haus geht, nachdem er sich über das Bett gebeugt und seinen Sohn auf die Stirn geküßt hat, und überall ist Weihnachten, und die Nachbarn trinken und schmettern ihre Lieder.

»Morgen früh erwartet dich eine Überraschung.«

Das konnte nur das sehnlichst gewünschte Radio sein, und Bib wußte, wieviel das kostete.

Wußte er an diesem Abend auch, daß die Brieftasche seines Vaters leer war?

Der Vater tat so, als ginge er zur Arbeit, und diese Arbeit gab es nicht.

Hatte der Junge versucht einzuschlafen? Gegenüber, auf der anderen Seite des Hofs, ragte eine riesige Hauswand empor mit hellerleuchteten Fenstern, und hinter diesen Fenstern spielte sich ein vielfältiges Leben ab.

Hatte er sich nicht vielmehr im Nachthemd auf die Fensterbank gestützt und hinübergeschaut?

*Sein Vater, der kein Geld hatte, wollte ihm ein Radio kaufen.*

Der Kommissar seufzte, während er seine Pfeife gegen den Schuhabsatz schlug und auf dem Boden ausleerte:

»Es ist mehr als wahrscheinlich, daß er Sie bei der Alten gesehen hat.«

»Ja.«

»Ich werde nachher etwas überprüfen. Sie wohnen doch im dritten Stock, die alte Fayet dagegen im Hochparterre. Vermutlich ist nur ein Teil des Zimmers von Ihren Fenstern aus zu sehen.«

»Stimmt.«

»Hätte Ihr Sohn sehen können, wie Sie das Zimmer verließen?«

»Nein! Die Tür ist ganz hinten.«

»Haben Sie sich ans Fenster gestellt?«

»Ja, ich habe mich sogar auf die Fensterbank gesetzt.«

»Ein Detail, das wichtig sein könnte: War dieses Fenster einen Spalt geöffnet?«

»Ja. Ich erinnere mich, mir war, als hätte ich eine kalte Stange im Rücken. Meine Schwiegermutter hat Sommer wie Winter bei offenem Fenster geschlafen. Sie kam vom Land. Unmittelbar nach unserer Hochzeit hat sie eine Zeitlang bei uns gewohnt.«

Der Kommissar wandte sich an den Mann vor der Anlage.

»Hatten Sie den gleichen Gedanken, Lecœur?«

»Der Rauhreif auf der Scheibe? Ich denke seit heute morgen daran. Wenn das Fenster offen war, ist der Temperaturunterschied nicht groß genug, um Rauhreif zu erzeugen.«

Ein Lämpchen. Der Stöpsel verschwand in einem der Löcher.

»Ja ... Was sagen Sie? ... Ein Junge? ...«

Ringsum schaute man ihn gespannt an.

»Ja ... Ja ... Wie bitte? ... Aber ja, schicken Sie alle Fahrradstreifen los, sie sollen das ganze Viertel absuchen ... Ich kümmere mich um den Bahnhof ... Wie lange ist das her? Eine halbe Stunde? ... Hätte er nicht früher Bescheid geben können? ...«

Ohne sich mit Erklärungen aufzuhalten, drückte er den Stöpsel in ein anderes Loch.

»Gare du Nord? ... Wer ist am Apparat? ... Du, Lambert? ... Paß auf, das ist dringend ... Laß den ganzen Bahnhof von oben bis unten durchsuchen ... Man soll alle Räume, alle Bahnsteige überwachen ... Frag die Angestellten, ob sie einen zehnjährigen Jungen gesehen haben, der um die Schalter oder sonstwo herumschlich ... Was? ... Ob er in Begleitung ist? ... Egal ... Das ist gut möglich ... Schnell! ... Halt mich auf dem laufenden ... natürlich, greift ihn euch ...«

»In Begleitung?« wiederholte sein Bruder ganz verdutzt.

»Warum nicht? Es ist alles möglich. Vielleicht war er das gar nicht, aber wenn er es war, haben wir eine halbe Stunde verloren ... Ein Lebensmittelhändler in der Rue de Maubeuge, Höhe Gare du Nord, mit einem Ladentisch im Freien hat einen Jungen gesehen, der zwei Apfelsinen aus der Auslage genommen hat und weggerannt ist ... Er ist ihm nicht nachgelaufen ... Erst nach einer ganzen Weile, als ein Polizist vorbeikam, hat er den Vorfall doch noch gemeldet ...«

»Hatte Ihr Sohn Geld in der Tasche?« fragte der Kommissar. »Nein? Überhaupt keins? Besitzt er eine Sparbüchse?«

»Er hat eine, aber das bißchen, das darin war, habe ich vor zwei Tagen unter dem Vorwand, ich wolle keinen großen Schein wechseln, an mich genommen.«

Welche Bedeutung auf einmal diese Kleinigkeiten annahmen!

»Meinen Sie nicht, ich täte gut daran, selbst zur Gare du Nord zu fahren?«

»Ich glaube, das wäre unnütz, und es könnte sein, daß wir Sie hier brauchen.«

Sie waren ein wenig Gefangene dieses Raums, dieser großen Tafel mit den Lämpchen, der Vermittlungsanlage, die sie mit sämtlichen Punkten von Paris verband. Ganz gleich, was geschah, hier würden sie zuerst davon erfahren. Das wußte auch der Kommissar, so daß er nicht in sein Büro zurückkehrte und sich schließlich sogar dazu entschloß, seinen dicken Überzieher abzulegen, als gehörte auch er jetzt zu der Zentrale.

»Er konnte also weder die Metro noch einen Bus nehmen. Und er konnte auch nicht in ein Café oder eine Telefonzelle gehen, um anzurufen. Zudem hat er seit sechs Uhr morgens nichts mehr gegessen.«

»Aber was macht er nur?« rief, wieder ein wenig hitzig, der Vater aus. »Und warum hat er mich zur Gare d'Austerlitz bestellt?«

»Wahrscheinlich, um Ihnen zur Flucht zu verhelfen«, sagte Saillard halblaut.

»Zur Flucht? Mir?«

»Hören Sie, mein Freund ...«

Der Kommissar vergaß, daß er den Bruder von Inspektor Lecœur vor sich hatte, und redete mit ihm wie mit einem »Kunden«.

»Der Junge weiß, daß Sie keine Arbeit haben und auf dem letzten Loch pfeifen, und trotzdem versprechen Sie ihm ein feines Weihnachtsfest...«

»Meine Mutter hat für Weihnachten auch monatelang verzichtet...«

»Ich mache Ihnen keine Vorwürfe. Ich stelle nur fest. Er stützt sich mit den Ellbogen aufs Fenster und sieht Sie bei einer alten Hexe, die Geld verleiht. Was schließt er daraus?«

»Ich verstehe.«

»Er denkt, daß Sie sich Geld borgen. Schön. Vielleicht ist er gerührt oder traurig, ich weiß es nicht. Er legt sich wieder hin, schläft ein.«

»Glauben Sie?«

»Das ist so gut wie sicher. Wenn er das, was er um sechs Uhr morgens entdeckt, um halb zehn entdeckt hätte, wäre er nicht in aller Ruhe in seinem Zimmer geblieben.«

»Verstehe.«

»Er schläft also wieder ein. Vielleicht denkt er mehr an sein Radio als daran, wie Sie an das Geld gekommen sind. Sie selbst sind ja auch ins Kino gegangen. Er schläft unruhig, wie alle Kinder Heiligabend. Er wird früher wach als sonst, es ist noch dunkel, und das erste, was er sieht, sind die Eisblumen an den Scheiben. Vergessen Sie nicht, daß das der erste Rauhreif des Winters ist. Er will sie sich näher ansehen, sie berühren...«

Der andere Lecœur, der mit den Stöpseln und den Kreuzchen in dem Notizbuch, setzte ein schwaches Lächeln auf. Anscheinend war der Kommissar mehr Kind, als man meinen mochte.

»Er kratzt mit den Fingernägeln daran ...«

»Genauso wie Biguet heute vormittag«, unterbrach ihn André Lecœur.

»Die Spurensicherung wird uns, falls erforderlich, den Beweis liefern, denn wenn der Rauhreif erst einmal geschmolzen ist, müßte man die Fingerabdrücke vorfinden. Was fällt dem Jungen sofort auf? Es ist finster im Viertel, bis auf ein Fenster, das erleuchtet ist, ein einziges, und das ist ausgerechnet das Fenster des Zimmers, in dem er seinen Vater zuletzt gesehen hat. Ich werde diese Einzelheiten nachprüfen lassen. Ich könnte jedoch schwören, daß er die Leiche gesehen hat, ganz oder zum Teil. Selbst wenn er nur die Füße auf dem Boden gesehen hätte, zusammen mit dem Umstand, daß der Raum beleuchtet war, hätte das vollauf gereicht.«

»Und da hat er geglaubt ...« stieß Olivier mit weit aufgerissenen Augen hervor.

»Ja, er hat, nicht viel anders als ich, geglaubt, daß Sie sie getötet haben. Denken Sie nach, Lecœur. Der Mann, der seit einigen Wochen in allen möglichen Vierteln von Paris Menschen umbringt, ist jemand, der wie Sie nachts unterwegs ist. Wahrscheinlich hatte er, wie Sie auch, ein schlimmes Erlebnis, denn man beginnt nicht grundlos von heute auf morgen zu morden. Weiß der Junge, was Sie nachts gemacht haben, seit Sie Ihre Arbeit verloren haben?

Sie haben uns vorhin gesagt, Sie hätten sich auf die

Fensterbank gesetzt. Wo haben Sie Ihre Butterbrotdose abgestellt?«

»Auf dem Sims, ich bin fast sicher...«

»Er hat sie also gesehen... Und er hatte keine Ahnung, wann Sie Ihre Schwiegermutter verlassen haben... Er wußte nicht, ob sie nach Ihrem Aufbruch noch lebte... In seinen Augen hat das Licht die Nacht über gebrannt...«

»Was hätte Sie an seiner Stelle am meisten erschreckt?«

»Die Dose...«

»Genau. Die Dose, die es der Polizei erlauben würde, Sie zu identifizieren. Steht Ihr Name darauf?«

»Ich habe ihn mit dem Taschenmesser eingeritzt.«

»Sehen Sie! Ihr Sohn hat angenommen, Sie würden zur gewohnten Zeit zurückkehren, also zwischen sieben und acht. Er wußte nicht, ob ihm sein Unterfangen gelingen würde. Jedenfalls wollte er lieber nicht nach Hause zurückgehen. Es galt, Ihnen aus der Klemme zu helfen.«

»Und deshalb hat er mir den Zettel hinterlassen...«

»Ihm ist Onkel Gédéon eingefallen. Er hat geschrieben, er würde an der Gare d'Austerlitz eintreffen. Er wußte, daß Sie kommen würden, selbst wenn es Onkel Gédéon nicht gab. Der Text konnte Sie keinesfalls belasten...«

»Er ist gerade zehneinhalb!« protestierte der Vater.

»Glauben Sie denn, ein Junge von zehneinhalb Jahren wüßte weniger über solche Sachen als Sie? Liest er keine Krimis?«

»Doch.«

»Vielleicht wünscht er sich sein Radio weniger wegen der Musik oder der Theatersendungen als wegen der Kriminalhörspiele . . .«

»Das stimmt.«

»Vor allem mußte er die verräterische Dose entfernen. Er kannte den Hof recht gut. Ich schätze, er hat dort oft gespielt.«

»Er war dort tagelang mit der Tochter der Concierge.«

»Also wußte er, daß er die Regenrinne hinauf konnte. Vielleicht ist er schon früher an ihr hochgeklettert.«

»Und dann?« fragte Olivier mit beeindruckender Ruhe. »Er hat die Dose genommen, nun gut. Er hat das Haus meiner Schwiegermutter ohne Mühe verlassen, denn die Haustür läßt sich von innen öffnen, ohne daß man die Concierge rufen muß. Sie sagen, das muß kurz nach sechs gewesen sein.«

»Ich verstehe«, brummte der Kommissar. »Selbst wenn er sich nicht beeilt hat, hätte er keine zwei Stunden bis zur Gare d'Austerlitz gebraucht, wo er sich mit Ihnen verabredet hat. Nun denn, er ist nicht zum Bahnhof gegangen.«

Ohne auf diese Überlegungen zu achten, nahm der andere Lecœur seinen Stöpsel, drückte ihn in die Buchse und seufzte:

»Immer noch nichts, Alter?«

Man antwortete ihm von der Gare du Nord:

»Wir haben schon gut zwanzig Personen befragt, die mit Kindern unterwegs waren, aber keines entsprach der Beschreibung.«

Sicher, irgendein Kind mochte die Apfelsinen aus der Auslage gestohlen haben. Aber nicht irgendein Kind hätte nacheinander die sieben Scheiben der Notrufsäulen eingeschlagen. Lecœur kam immer wieder auf seine Kreuzchen zurück. Er hatte sich nie für viel schlauer als sein Bruder gehalten, aber er verfügte über mehr Geduld und Hartnäckigkeit.

»Ich bin sicher«, sagte er, »daß man die Dose in der Nähe des Pont Mirabeau in der Seine finden wird.«

Schritte im Treppenhaus. An gewöhnlichen Tagen achtete man nicht darauf. An Weihnachten jedoch spitzte man unwillkürlich die Ohren.

Ein Streifenbeamter brachte das blutbefleckte Taschentuch, das neben der siebten Säule gefunden worden war. Man reichte es dem Vater.

»Ja, das gehört Bib.«

»Das heißt, daß er verfolgt wird«, behauptete der Kommissar. »Wenn er nicht verfolgt würde, wenn er Zeit hätte, würde er nicht nur die Scheiben zertrümmern. Er würde reden.«

»Entschuldigung«, sagte Olivier, der als einziger noch nicht begriffen hatte. »Von wem wird er verfolgt? Und warum ruft er die Polizei?«

Man zögerte, ihn aufzuklären, ihm die Augen zu öffnen. Sein Bruder übernahm die undankbare Aufgabe.

»Weil er, als er zu der alten Fayet ging, überzeugt war, du seist der Mörder. Als er das Haus verließ, glaubte er es nicht mehr. *Er wußte Bescheid.*«

»Was wußte er?«

»Er wußte, wer es war! Verstehst du jetzt? Er hat

irgend etwas entdeckt, was, wissen wir nicht. Wir suchen seit Stunden danach. Er kommt nur nicht dazu, es uns mitzuteilen.«

»Du meinst...?«

»Ich meine, dein Sohn ist hinter dem Mörder her oder der Mörder hinter ihm. Einer, wir wissen nicht, wer von beiden, hat sich an die Verfolgung gemacht und denkt nicht daran, den andern laufen zu lassen. Sagen Sie, Herr Kommissar, ist für die Ergreifung des Mörders eine Belohnung ausgesetzt?«

»Ja, sogar eine sehr hohe, seit dem dritten Mord. Sie ist letzte Woche verdoppelt worden. Das stand in sämtlichen Zeitungen.«

»Nun«, sagte André Lecœur, »dann ist nicht unbedingt Bib derjenige, der verfolgt wird. Vielleicht folgt er jemandem. In dem Fall allerdings...«

Es war Mittag, und sie hatten seit vier Stunden kein Lebenszeichen mehr von dem Jungen, es sei denn, er war der kleine Apfelsinendieb in der Rue Maubeuge.

## 4

War vielleicht sein Tag gekommen? André Lecœur hatte irgendwo gelesen, daß jeder Mensch, so unscheinbar, so leidgeprüft er sein mochte, wenigstens einmal im Leben seine Sternstunde hat, in der es ihm vergönnt ist, sich zu verwirklichen.

Er hatte nie eine sonderlich hohe Meinung von sich und seinen Fähigkeiten gehabt. Wenn man ihn fragte, warum er sich eine solch monotone Tätigkeit ausgesucht habe, statt beispielsweise zur Mordkommission zu gehen, antwortete er:

»Dazu bin ich zu langsam!«

Manchmal fügte er hinzu:

»Wer weiß, vielleicht hatte ich Angst, verprügelt zu werden?«

Das stimmte nicht. Er wußte, daß er nicht der schnellste Denker war.

Alles, was er auf der Schule gelernt hatte, war für ihn mit großen Anstrengungen verbunden gewesen. Die Prüfungen bei der Polizei, die andere spielend bestanden, hatten ihm schwer zu schaffen gemacht.

Hatte er aufgrund dieser Selbsterkenntnis nicht geheiratet? Vielleicht. Ihm war, als müßte er sich jeder Frau, die er wählen würde, unterlegen fühlen, als würde ihn jede bevormunden.

An diesem Tag dachte er nicht an all das. Er wußte noch nicht, daß vielleicht seine Sternstunde nahte – sofern sie überhaupt nahte.

Eine neue Gruppe löste die Vormittagsschicht ab, Männer, ausgeruht und im Sonntagsstaat, die Zeit gehabt hatten, Weihnachten im Familienkreis zu feiern, und ihr Atem roch nach Kuchen und teurem Schnaps.

Der alte Bedeau hatte seinen Platz vor der Vermittlungsanlage eingenommen, doch Lecœur war nicht gegangen, er hatte schlicht gesagt:

»Ich bleibe noch ein wenig.«

Kommissar Saillard war rasch nebenan in die ›Brasserie Dauphine‹ essen gegangen. Er hatte darum gebeten, ihn zu rufen, wenn es etwas Neues gäbe. Janvier war zum Quai des Orfèvres zurückgekehrt, wo er gerade seinen Bericht abfaßte.

Lecœur hatte keine Lust, schlafen zu gehen. Er war nicht müde. Es war schon vorgekommen, daß er sechsunddreißig Stunden an seinem Platz ausgeharrt hatte, beispielsweise bei den Unruhen an der Place de la Concorde. Und während der Generalstreiks hatten sich die Männer aus der Zentrale vier Tage und vier Nächte im Büro eingerichtet.

Sein Bruder war am ungeduldigsten.

»Ich gehe Bib suchen«, hatte er erklärt.

»Wo?«

»Ich weiß nicht. Richtung Gare du Nord.«

»Und wenn er die Apfelsinen gar nicht gestohlen hat? Wenn er ganz woanders ist? Wenn wir in ein paar Minuten oder in zwei Stunden etwas von ihm hören?«

»Ich möchte etwas tun.«

Man hatte ihn in einer Ecke auf einen Stuhl gesetzt, da er es ablehnte, sich hinzulegen. Seine Augen waren vor Müdigkeit und Angst gerötet, und er hatte angefangen, an seinen Fingern zu ziehen, wie früher als Kind, wenn man ihn in die Ecke geschickt hatte.

André Lecœur hatte sich aus reiner Vernunft eine Weile hingelegt. Es gab neben dem großen Raum eine Art Abstellkammer mit einem Waschbecken, zwei Feldbetten und einer Garderobe, wo die Leute von der Nachtschicht zuweilen ein Nickerchen hielten, wenn nicht viel los war.

Lecœur hatte eine Weile die Augen geschlossen. Dann hatte er nach dem Notizbuch in seiner Tasche gegriffen, das er nie aus der Hand gab, und, auf dem

Rücken liegend hatte er begonnen, die Seiten umzublättern.

Darin waren nur Kreuzchen, Reihen von kleinen Kreuzchen, die er jahrelang eingetragen hatte, ohne dazu verpflichtet zu sein, ohne eigentlich zu wissen, wozu das eines Tages gut sein könnte. Manche Leute haben ihr Tagebuch. Andere führen Buch über ihre Ausgaben oder über ihre Verluste beim Bridge.

Diese Kreuzchen in den schmalen Spalten gaben über Jahre hinweg das Nachtleben von Paris wieder.

»Einen Kaffee, Lecœur?«

»Ja, bitte.«

Da er von dieser Kammer die Tafel mit den Lämpchen nicht sehen konnte, schob er das Feldbett ins Büro, trank dort seinen Kaffee und vertrieb sich die Zeit damit, die Kreuzchen in seinem Notizbuch zu betrachten und die Augen zu schließen. Hin und wieder beobachtete er durch seine halb geschlossenen Lider seinen Bruder, der mit hängenden Schultern und gesenktem Kopf auf seinem Stuhl zusammengesunken war. Einzig das Zucken seiner langen, blassen Finger verriet das Drama, das sich in ihm abspielte.

Mittlerweile hatten Hunderte nicht nur in Paris, sondern auch in den Vororten die Beschreibung des Jungen erhalten. Von Zeit zu Zeit keimte Hoffnung auf. Ein Revier rief an, aber entweder handelte es sich um ein kleines Mädchen oder um einen Jungen, der zu jung oder zu alt war.

Lecœur schloß erneut die Augen, dann riß er sie plötzlich auf, als wäre er eingenickt, sah auf die Uhr, blickte sich suchend um.

»Ist Saillard noch nicht zurück?«

»Wahrscheinlich ist er zum Quai des Orfèvres gegangen.«

Olivier schaute ihn an, überrascht, ihn durch den großen Raum schlendern zu sehen, und Lecœur bemerkte kaum, daß draußen endlich die Sonne durch die weiße Kuppel der Wolken gedrungen war, daß Paris an diesem Weihnachtsnachmittag fast frühlingshaft hell war.

Er wartete auf Schritte im Treppenhaus.

»Du könntest ein paar Brote kaufen«, sagte er zu seinem Bruder.

»Womit?«

»Mit Schinken. Egal. Was du findest.«

Olivier warf einen letzten Blick auf die Tafel mit den Lämpchen und verließ das Zimmer. Trotz seiner Angst war er erleichtert, ein wenig frische Luft schöpfen zu können.

Die Männer, die die Vormittagsschicht abgelöst hatten, wußten so gut wie nichts, außer daß es sich um den Mörder handelte und daß irgendwo in Paris ein kleiner Junge in Gefahr war. Da sie die Nacht woanders verbracht hatten, wirkte der Fall auf sie wie verdünnt, er war auf einige nackte und kalte Fakten reduziert. Der alte Bedeau saß auf Lecœurs Platz, den Kopfhörer über den Ohren, und löste Kreuzworträtsel, ließ sich selbst durch das traditionelle »Hallo? Austerlitz? Ist Ihr Wagen losgefahren?« kaum aus der Ruhe bringen.

Eine Ertrunkene, die man aus der Seine gefischt hatte. Auch das war Weihnachten Tradition.

»Ich würde Sie gern einen Moment sprechen, Herr Kommissar.«

Das Feldbett stand wieder auf seinem Platz in der Kammer, und dorthin führte Lecœur den Chef der Mordkommission. Der Kommissar rauchte seine Pfeife, legte seinen Überzieher ab, schaute seinen Gesprächspartner ein wenig überrascht an.

»Entschuldigen Sie, daß ich mich in Dinge einmische, die mich nichts angehen. Es handelt sich um den Mörder...«

Er hatte sein kleines Notizbuch in der Hand, aber man konnte glauben, er kenne es auswendig und schlage es nur der Form halber auf.

»Verzeihen Sie, wenn ich Ihnen ein wenig verworren erzähle, was mir durch den Kopf geht, aber ich denke seit heute morgen unentwegt darüber nach...«

Vorhin, als er auf dem Feldbett lag, war ihm alles so ungemein klar erschienen. Jetzt rang er nach Worten, und seine Gedanken waren weniger präzise.

»Sehen Sie! Mir ist als erstes aufgefallen, daß die acht Verbrechen alle nach zwei Uhr morgens, die meisten sogar nach drei Uhr begangen wurden...«

Er sah dem Gesicht des Kommissars an, daß diese Feststellung für den anderen nicht besonders aufregend war.

»Ich notiere mir seit drei Jahren aus Neugierde die Uhrzeit von Verbrechen dieser Art. Sie werden fast immer zwischen zehn Uhr abends und zwei Uhr morgens verübt.«

Er mußte auf dem Holzweg sein, denn es erfolgte keinerlei Reaktion. Warum nicht offen sagen, wie er auf seine Idee gekommen war? Jetzt war nicht die Zeit, sich von falschen Hemmungen aufhalten zu lassen.

»Als ich vorhin meinen Bruder ansah, habe ich gedacht, daß der Mann, den Sie suchen, ein Mensch wie er sein muß. Eine Zeitlang habe ich mich sogar gefragt, ob er es nicht ist. Warten Sie ...«

Er spürte, daß er auf dem richtigen Weg war. Der Blick des Kommissars hatte mehr ausgedrückt als höfliche, ein wenig gelangweilte Aufmerksamkeit.

»Hätte ich Zeit gehabt, hätte ich meine Gedanken geordnet. Aber Sie werden schon verstehen ... Ein Mann, der fast Schlag auf Schlag achtmal tötet, ist ein Besessener, nicht wahr? ... Ein Mensch, dessen Verstand aus irgendeinem Grund von heute auf morgen getrübt ist ... Mein Bruder hat seinen Arbeitsplatz verloren, und um das vor seinem Sohn zu verbergen, um vor ihm nicht als Versager dazustehen, ist er wochenlang nachts um die gleiche Zeit aus dem Haus gegangen und hat sich verhalten, als arbeite er noch ...«

In Worte, in Sätze übertragen, verlor seine Idee an Kraft. Er merkte, daß Saillard, obwohl er sich sichtlich Mühe gab, darin keinen Geistesblitz erkennen konnte.

»Ein Mann, dem plötzlich alles genommen wird, was er hat, was sein Leben ausmacht ...«

»Und der durchdreht ...«

»Ich weiß nicht, ob er durchgedreht ist. Vielleicht nennt man das so. Jemand, der Grund zu haben glaubt, die ganze Welt zu hassen, sich an den Menschen rächen zu müssen ...

Sie wissen, Herr Kommissar, daß die anderen, die wirklichen Mörder, immer auf die gleiche Weise töten.

Dieser hier hat ein Messer, einen Hammer, einen Schraubenschlüssel benutzt. Eine der Frauen hat er erwürgt.

Und nirgendwo hat er sich sehen lassen. Nirgendwo hat er Spuren hinterlassen. Er muß von seiner Wohnung aus zu einer Zeit, wo kein Bus und keine Metro fährt, kilometerweit durch Paris gelaufen sein. Und obwohl die Polizei seit den ersten Verbrechen in Alarmbereitschaft ist, obwohl sie die Passanten beobachtet und die Personalien von Verdächtigen überprüft, ist er nicht ein einziges Mal aufgefallen.«

Er spürte so sehr, daß er auf dem richtigen Weg war, hatte eine solche Angst, nicht ausreden zu dürfen, daß er am liebsten gemurmelt hätte:

»Hören Sie mir zu Ende zu, bitte...«

Die Kammer war eng, und er wanderte zwei, drei Schritte auf und ab vor dem Kommissar, der auf der Bettkante saß.

»Das sind keine großartigen Gedankengänge. Ich bin dazu gar nicht fähig. Das sind meine Kreuzchen, die Fakten, die ich festgehalten habe...

Heute morgen zum Beispiel ist er durch halb Paris gegangen, ohne an einer Polizeiwache oder an einer überwachten Kreuzung vorbeizukommen.«

»Sie meinen, er kennt sich im 15. Arrondissement aus?«

»Nicht nur dort, sondern, den früheren Verbrechen nach zu urteilen, in mindestens zwei weiteren Arrondissements: dem 10. und dem 12. Er hat seine Opfer nicht zufällig ausgewählt. Er wußte bei allen, daß sie alleinstehend waren und unter Bedingungen lebten, die es ihm ermöglichten, sie fast gefahrlos zu überfallen.«

Beinahe hätte er den Mut verloren, als er die bedrückte Stimme seines Bruders hörte.

»Die Brote, André!«

»Ja. Danke. Iß schon. Setz dich ...«

Aus einer Art Unterwürfigkeit wagte er es nicht, die Tür zu schließen. Er war eine zu unbedeutende Person, als daß er sich mit dem Kommissar hätte zurückziehen dürfen.

»Bestimmt hat er jedesmal eine andere Waffe benutzt, weil er weiß, daß das Verwirrung stiftet. Er *weiß* also, daß ein Mörder stets nach der gleichen Methode vorgeht.«

»Sagen Sie mal, Lecœur ...«

Der Kommissar war aufgestanden und schaute den Inspektor mit leerem Blick an, als wäre er in seine eigenen Gedanken versunken.

»Sie meinen also ...«

»Ich weiß nicht. Aber mir ist der Gedanke gekommen, daß das vielleicht jemand von uns ist. Zumindest jemand, der bei uns gearbeitet hat.«

Er senkte die Stimme.

»Jemand, dem vielleicht das gleiche wie meinem Bruder passiert ist, verstehen Sie? Ein entlassener Feuerwehrmann kommt leicht auf den Gedanken, selbst Brände zu legen. Das ist innerhalb von drei Jahren zweimal vorgekommen. Jemand von der Polizei ...«

»Aber warum stiehlt er dann?«

»Mein Bruder brauchte ebenfalls Geld, um seinen Sohn im Glauben zu lassen, daß er weiter ein Einkommen hat, daß er weiter bei *La Presse* tätig ist. Wenn es sich um jemanden handelt, der nachts gearbeitet hat und verheimlichen will, daß er seine Stelle verloren hat, ist er zwangsläufig die ganze Nacht unterwegs, und das erklärt, warum er seine Verbrechen nach drei Uhr begeht. Er muß immerhin bis Tagesanbruch warten, ehe er nach Hause gehen kann. Die ersten Stunden sind leicht. Da sind die Cafés und Lokale geöffnet. Danach ist er allein auf der Straße...«

Saillard brummte mehr zu sich selbst:

»Heute ist niemand im Personalbüro.«

»Vielleicht könnte man den Direktor zu Hause erreichen...? Vielleicht erinnert er sich...«

Lecœur war noch nicht fertig. Da waren noch so viele Dinge, die er gerne gesagt hätte, die ihm jedoch nicht einfielen. Vielleicht war das Ganze nur ein Gedankenspiel. Manchmal kam es ihm so vor, dann wieder war ihm, als sei er zu unumstößlicher Gewißheit gelangt.

»Hallo? Könnte ich bitte Monsieur Guillaume sprechen? Er ist nicht zu Hause? Wissen Sie, wo ich ihn erreichen kann? Bei seiner Tochter in Auteuil? Wissen Sie die Telefonnummer?«

Auch dort hatte man gut im Kreise der Familie gegessen und schlürfte jetzt seinen Kaffee oder Likör.

»Hallo? Monsieur Guillaume? Ja, Saillard hier. Ich hoffe, ich störe Sie nicht allzusehr. Sie sitzen nicht mehr zu Tisch? Es geht um den Mörder. Es gibt Neuigkeiten. Noch nichts Genaues. Ich würde gern eine Möglichkeit überprüfen, und das ist dringend. Wundern Sie sich nicht zu sehr über meine Frage. Ist im Laufe der letzten

Monate ein Mitglied der Polizei, ganz gleich welchen Dienstgrads, entlassen worden? Was sagen Sie? Kein einziger in diesem Jahr?«

Lecœur spürte, daß sich seine Brust zusammenzog, als bräche eine Katastrophe über ihn herein, und er warf einen wehleidigen Blick auf den Stadtplan von Paris. Er hatte verloren. Er gab schlagartig auf, wunderte sich, daß sein Chef nachfragte.

»Vielleicht liegt das auch länger zurück, ich weiß nicht. Es könnte sich um jemand handeln, der nachts in mehreren Arrondissements gearbeitet hat, unter anderem im 10., 12. und 15. Jemand, den die Entlassung ziemlich verbittert hat. Ja?«

Saillards letztes Wort machte Lecœur wieder Mut, während die anderen ringsum nichts von diesem Gespräch verstanden.

»Der Brigadier Loubet? Stimmt, davon habe ich gehört, aber damals gehörte ich noch nicht dem Disziplinarausschuß an. Vor drei Jahren, ja. Sie wissen nicht, wo er gewohnt hat? Irgendwo in der Nähe der Hallen?«

Drei Jahre, das ergab keinen Sinn, und Lecœur ließ den Mut wieder sinken. Es war unwahrscheinlich, daß ein Mensch drei Jahre lang seine Erniedrigung und seinen Haß für sich behielt, bevor er handelte.

»Wissen Sie, was aus ihm geworden ist? Natürlich. Ja. Das dürfte heute schwierig sein ...«

Er legte auf und schaute Lecœur aufmerksam an, redete mit ihm wie mit einem Gleichgestellten.

»Haben Sie gehört? Ein Brigadier namens Loubet hat eine ganze Reihe von Verwarnungen bekommen und drei-, viermal den Bezirk gewechselt, bevor er entlassen wurde. Er hat die Sache übel aufgenommen. Er war Alkoholiker. Guillaume glaubt, daß er in eine Detektei eingetreten ist. Wenn Sie vielleicht versuchen wollen …«

Lecœur machte sich ohne Überzeugung an die Arbeit, aber das war immer noch besser, als untätig vor dem Stadtplan zu sitzen. Er begann mit den anrüchigsten Agenturen, denn er bezweifelte, daß ein Mann wie Loubet in einem seriösen Unternehmen Aufnahme gefunden hätte. Die meisten Büros waren geschlossen. Er rief die Leute zu Hause an.

Oft ging ein Kind an den Apparat.

»Kenn ich nicht. Versuchen Sie's bei Tisserand am Boulevard Saint-Martin. Der sammelt das ganze Gesindel ein.«

Aber bei Tisserand, der auf Beschattungen spezialisiert war, hatte er auch kein Glück. Eine Dreiviertelstunde lang ließ Lecœur den Hörer nicht aus der Hand, dann endlich geriet er an jemand, der wütend knurrte:

»Kommen Sie mir bloß nicht mit diesem Halunken. Den hab ich vor zwei Monaten rausgeschmissen. Er hat gedroht, mich zu erpressen, aber bis jetzt hab ich nichts von ihm gehört. Wenn ich dem begegne, hau ich ihm eine runter.«

»Was hat er bei Ihnen gemacht?«

»Er hat nachts Gebäude bewacht.«

André Lecœurs Gesicht verklärte sich.

»Hat er viel getrunken?«

»Der war blau, kaum daß er eine Stunde im Dienst

war. Keine Ahnung, wie er's angestellt hat, aber er schaffte es immer, sich freihalten zu lassen.«

»Haben Sie seine Adresse?«

»Rue du Pas-de-la-Mule, Hausnummer 27a.«

»Hat er Telefon?«

»Kann sein. Ich habe keine Lust, ihn anzurufen. War's das? Darf ich meine Bridgepartie fortsetzen?«

Man hörte, daß der Mann, während er auflegte, seinen Freunden die Sache erklärte.

Der Kommissar hatte bereits ein Telefonbuch aufgeschlagen und den Namen Loubet gefunden. Er rief an. Zwischen ihm und Lecœur bestand inzwischen eine Art wortloses Einverständnis. Sie hegten die gleiche Hoffnung. So kurz vor dem Ziel hatten sie beide das gleiche Zittern in den Fingerspitzen, während der andere Lecœur, Olivier, der gemerkt hatte, daß sich etwas Wichtiges tat, aufgestanden war und sie abwechselnd anschaute.

Unaufgefordert gestattete sich André Lecœur etwas, was er sich noch am Morgen niemals geleistet hätte: Er ergriff den zweiten Hörer. Man hörte das Rufzeichen in der Rue du Pas-de-la-Mule; sie ließen lange klingeln, sozusagen ins Leere, und wieder zog sich Lecœurs Brust zusammen, als jemand abhob.

Gott sei Dank! Eine Frauenstimme, die Stimme einer schon älteren Frau, die hervorstieß:

»Bist du's endlich? Wo steckst du?«

»Hallo, Madame? Hier spricht nicht Ihr Mann.«

»Ist ihm etwas passiert?«

Man hatte den Eindruck, daß ihr das ganz recht wäre, daß sie seit langem auf diese Nachricht wartete.

»Ich spreche doch mit Madame Loubet, oder?«

»Mit wem denn sonst?«

»Ist Ihr Mann nicht zu Hause?«

»Zunächst einmal, wer sind Sie denn?«

»Kommissar Saillard...«

»Was wollen Sie von ihm?«

Der Kommissar legte kurz die Hand auf die Muschel und sagte leise zu Lecœur:

»Rufen Sie Janvier an, er soll sofort hinfahren.«

Im gleichen Augenblick meldete sich eine Wache, so daß in dem Raum drei Apparate gleichzeitig benutzt wurden.

»Ist Ihr Mann heute morgen nicht nach Hause gekommen?«

»Wenn die Polizei fähiger wäre, wüßten Sie das.«

»Kommt das öfters vor?«

»Das ist doch seine Sache, nicht wahr?«

Vermutlich haßte sie ihren Säufer von Ehemann, aber sobald man ihn angriff, schlug sie sich auf seine Seite.

»Sie wissen, daß er nicht mehr für die Behörde arbeitet.«

»Wahrscheinlich, weil er dafür nicht niederträchtig genug ist.«

»Wann hat er bei der Agentur Argus aufgehört?«

»Was?... Moment mal... Was sagen Sie da?... Sie wollen mir die Würmer aus der Nase ziehen, nicht wahr?«

»Tut mir leid, Madame. Ihr Mann ist vor über zwei Monaten von der Agentur an die Luft gesetzt worden.«

»Sie lügen.«

»Mit anderen Worten, er geht seit zwei Monaten jeden Abend zur Arbeit?«

»Wohin denn sonst? Zu den Folies-Bergère?«

»Warum ist er heute morgen nicht zurückgekommen? Hat er Sie nicht angerufen?«

Wahrscheinlich hatte sie Angst, überrumpelt zu werden, denn sie zog es vor, den Hörer aufzulegen.

Als der Kommissar seinerseits auflegte und sich umdrehte, sah er André Lecœur hinter sich stehen, der im gleichen Moment den Kopf abwandte und sagte:

»Janvier ist losgegangen ...«

Und mit der Fingerspitze wischte er sich eine feuchte Spur aus dem Augenwinkel.

## 5

Man behandelte ihn wie einen Gleichrangigen. Er wußte, daß das nicht so bleiben würde, daß er morgen wieder ein ziemlich unbedeutender Mitarbeiter vor seiner Vermittlungsanlage sein würde, ein Eigenbrötler, der Kreuzchen in ein unnützes Notizbuch malte.

Die anderen zählten nicht. Man kümmerte sich nicht einmal um seinen Bruder, der sie abwechselnd wie ein Kaninchen anschaute, ihnen zuhörte, ohne etwas zu verstehen, sich fragte, weshalb man soviel redete, statt zu handeln, wo doch das Leben seines Sohnes auf dem Spiel stand.

Zweimal war er gekommen und hatte André am Ärmel gezogen.

»Laß mich ihn suchen...«, flehte er.

Suchen?... Wo? Wen? Die Beschreibung des Exbrigadiers Loubet war bereits an alle Polizeidienststellen, Bahnhöfe, Streifen durchgegeben worden.

Man suchte jetzt nicht nur einen Jungen, sondern auch einen wahrscheinlich betrunkenen Mann von achtundfünfzig Jahren, der Paris und die Pariser Polizei wie seine Westentasche kannte und einen schwarzen Überzieher mit Velourskragen und einen alten grauen Filzhut trug.

Janvier war zurückgekommen, frischer als die anderen. Alle, die eintraten, waren eine ganze Weile mit einer von draußen hereingebrachten Aura der Frische umgeben. Dann ließen auch sie sich nach und nach von der Eintönigkeit dieses Raums einlullen, in dem man wie in Zeitlupe zu leben schien.

»Sie hat versucht, mir die Tür vor der Nase zuzuschlagen, aber ich hatte schon den Fuß dazwischen. Sie weiß nichts. Sie behauptet, daß er in den letzten Monaten seinen Lohn wie gewohnt bei ihr abgeliefert hat.«

»Deshalb mußte er Geld stehlen. Große Summen brauchte er nicht, er hätte gar nicht gewußt, was er damit anfangen sollte. Wie ist sie?«

»Klein, dunkler Typ mit sehr lebhaften Augen und gefärbten, fast blauen Haaren. Sie muß Ekzeme oder Pickel haben, denn sie trägt fingerlose Handschuhe.«

»Hast du ein Foto von ihm?«

»Ich mußte es fast mit Gewalt von der Anrichte im Eßzimmer nehmen. Die Frau wollte es mir nicht geben.«

Ein untersetzter und sanguinischer Mann mit überreizten Augen, der in seiner Jugend der Liebling der Dorfmädchen gewesen sein mußte und sich einen dümmlich-arroganten Ausdruck bewahrt hatte. Dabei war das Foto mehrere Jahre alt. Inzwischen mußte Loubet heruntergekommen, seine Wangen eingefallen sein, und seine Selbstsicherheit war wohl einer gewissen Hinterhältigkeit gewichen.

»Hast du in Erfahrung gebracht, wo er verkehrt?«

»Soviel ich verstanden habe, führt sie ein strenges Regiment, außer nachts, wenn er, wie sie glaubt, bei der Arbeit ist. Er hat große Angst vor seiner Frau. Morgens sieht ihn die Concierge oft im Zickzack kommen, aber kaum legt er die Hand aufs Treppengeländer, richtet er sich auf. Er geht mit seiner Frau einkaufen, verläßt das Haus tagsüber nur in ihrer Begleitung. Wenn er schläft und sie etwas zu erledigen hat, schließt sie ihn ein und nimmt den Schlüssel mit.«

»Was halten Sie davon, Lecœur?«

»Ich frage mich, ob er mit meinem Neffen zusammen ist.«

»Was meinen Sie damit?«

»Am Anfang, gegen halb sieben, waren sie nicht zusammen, denn sonst hätte Loubet den Jungen daran gehindert, die Scheiben einzuschlagen. Einer muß dem andern in einem gewissen Abstand gefolgt sein ...«

»Wer wem Ihrer Ansicht nach?«

Es war verwirrend, derart nach seiner Meinung gefragt zu werden, als wäre er mir nichts, dir nichts zu einer Art Orakel geworden. Nie zuvor in seinem Leben hatte er sich so klein gefühlt, so groß war seine Angst, sich zu täuschen.

»Als der Junge die Regenrinne hochkletterte, hielt er seinen Vater für den Mörder, sonst hätte er ihn nicht mit dem Zettel und dem Märchen von Onkel Gédéon zur Gare d'Austerlitz geschickt, wo er bestimmt zu ihm stoßen wollte, nachdem er die Butterbrotdose hatte verschwinden lassen.«

»Wahrscheinlich war es so...«

»Bib kann nicht geglaubt haben...«, versuchte Olivier zu protestieren.

»Sei still!... Zu dieser Zeit war das Verbrechen gerade begangen worden. Der Junge wäre nicht hinaufgeklettert, wenn er nicht die Leiche gesehen hätte...«

»Wir wissen nur nicht, ob der Mann noch im Zimmer war.«

»Nein!« sagte der Kommissar seinerseits. »Nein, wäre er dort gewesen, hätte er sich versteckt, als der Junge durchs Fenster einstieg, und diesen gefährlichen Zeugen ebenso umgebracht wie die Alte.«

Sie mußten alles verstehen, die geringsten Kleinigkeiten rekonstruieren, wenn sie den jungen Lecœur finden wollten, der nun zwei Radiogeräte und nicht nur eins zu Weihnachten geschenkt bekam.

»Sag mal, Olivier, als du heute morgen nach Hause kamst, brannte da Licht?«

»Ja.«

»Im Zimmer des Kleinen?«

»Ja. Das hat mir einen Schreck eingejagt. Ich dachte, er sei krank.«

»Also hat der Mörder das Licht sehen können. Er hatte Angst, daß es einen Zeugen gab. Er hat sicher nicht geglaubt, daß jemand die Regenrinnen hochklettert und in das Zimmer eindringt. Er ist aus dem Haus gestürmt.«

»Und hat draußen gewartet, was passieren würde.«

Das war alles, was sie tun konnten, Vermutungen anstellen. Versuchen, soweit wie möglich der menschlichen Logik zu folgen. Der Rest war Sache der Streifen, der in ganz Paris verstreuten Polizisten, Sache des Zufalls auch.

»Statt den gleichen Weg zurückzunehmen, hat der Junge das Haus der Alten durch die Tür verlassen ...«

»Einen Moment, Herr Kommissar. In diesem Augenblick wußte er wahrscheinlich, daß sein Vater nicht der Mörder war.«

»Weshalb?«

»Ich habe vorhin – von Janvier, glaube ich – gehört, daß die alte Fayet viel Blut verloren hat. Wenn das Verbrechen gerade erst begangen wurde, war das Blut noch nicht trocken und der Körper noch warm. Bib hat seinen Vater aber gegen neun Uhr abends in dem Zimmer gesehen ...«

Mit jeder neuen Gewißheit stieg die Hoffnung. Sie spürten, daß sie vorankamen. Der Rest schien einfacher. Manchmal setzten die beiden Männer gleichzeitig zum Sprechen an, da ihnen der gleiche Gedanke gekommen war.

»Als er zur Tür rauskam, hat er den Mann erblickt, Loubet oder jemand anders, wahrscheinlich Loubet. Jener konnte nicht wissen, ob Bib sein Gesicht gesehen hat. In seiner Angst ist der Junge davongerannt ...«

Diesmal mischte sich der Vater ein. Nein, sagte er und erklärte mit monotoner Stimme:

»Nicht, wenn Bib wußte, daß eine hohe Belohnung ausgesetzt war. Nicht, wenn er wußte, daß ich keine Arbeit mehr habe. Nicht, wenn er gesehen hat, daß ich mir bei meiner Schwiegermutter Geld geliehen habe...«

Der Kommissar und André schauten sich an, und da sie beide spürten, daß der andere Lecœur recht hatte, bekamen sie beide Angst.

Das war fast schon grauenerregend. Ein menschenleeres Straßenstück in einem der trostlosesten Viertel von Paris, und es war dunkel, noch zwei Stunden, bis es hell wurde.

Auf der einen Seite ein Mann, ein Besessener, der zum achtenmal in wenigen Wochen getötet hatte, aus Haß, aus verletzter Eitelkeit, aus Bedürftigkeit auch, vielleicht um sich Gott weiß was zu beweisen, ein Mann, der seinen letzten Stolz darangesetzt hatte, die Polizei und die ganze Welt herauszufordern.

War er, wie üblich, betrunken? Sicherlich hatte er in der Weihnachtsnacht, in der alle Lokale bis zum frühen Morgen geöffnet sind, noch mehr getrunken als sonst und sah jetzt die Welt durch seine dicken Säuferaugen, diese Straße, diese Steinwüste, diese blinden Fassaden, und dazwischen ein Kind, ein Junge, der Bescheid wußte, der ihn verraten, ihn festnehmen lassen, seinen wahnsinnigen Unternehmungen ein Ende machen würde.

»Ich möchte wissen, ob er einen Revolver hat«, seufzte der Kommissar.

Die Antwort ließ nicht lang auf sich warten. Sie kam sofort, von Janvier.

»Ich habe seine Frau gefragt. Er hat immer eine Automatik bei sich, aber sie ist nicht geladen.«

»Warum nicht?«

»Seine Frau hatte Angst vor ihm. Wenn er in einem bestimmten Zustand war, kam es vor, daß er sie bedrohte, statt zu kuschen. Sie hat die Patronen weggeschlossen und ihm versichert, im Notfall würde es reichen, jemandem Angst einzujagen, ohne schießen zu müssen.«

Hatten der alte Geisteskranke und das Kind tatsächlich in den Straßen von Paris Katz und Maus gespielt? Der ehemalige Polizist brauchte nicht zu hoffen, einen zehnjährigen Jungen zu Fuß einzuholen. Das Kind wiederum war nicht in der Lage, einen solch korpulenten Mann zu überwältigen.

Doch dieser Mann stellte für ihn ein Vermögen dar, das Ende ihrer Not. Sein Vater bräuchte nicht mehr durch die Stadt zu irren, um ihm weiszumachen, daß er immer noch in der Rue du Croissant arbeite, bräuchte sich nicht mehr mit dem Gemüse in den Hallen abzuschinden oder bei einer alten Fayet um ein Darlehen zu betteln, das er wahrscheinlich nicht zurückzahlen konnte.

Es war nicht mehr nötig, viel zu reden. Sie betrachteten den Stadtplan, die Straßennamen. Wahrscheinlich hielt sich das Kind klugerweise in einem gewissen Abstand zu dem Mörder, und jener hatte ebenso wahrscheinlich seine Waffe gezogen, um es zu erschrecken.

Und in den Häusern ringsum schliefen Tausende von Menschen, die keinem von beiden helfen konnten.

Loubet konnte nicht ewig dort stehenbleiben und

dem Kind auflauern, das ihm nicht zu nahe kam, und so war er losgegangen und hatte die gefährlichen Straßen, die blauen Laternen der Polizeiwachen, die überwachten Kreuzungen gemieden.

In zwei, drei Stunden würden Fußgänger auf den Bürgersteigen sein, und bestimmt würde der Junge auf den erstbesten zustürzen und um Hilfe rufen.

»Loubet ging als erster«, sagte der Kommissar langsam.

»Und mein Neffe hat die Scheiben eingeschlagen, weil ich ihm erklärt hatte, wie die Notrufsäulen funktionieren«, fügte André Lecœur hinzu.

Die kleinen Kreuzchen nahmen Leben an. Was zunächst ein Rätsel gewesen war, wurde fast simpel, aber tragisch.

Am tragischsten vielleicht war dieser Batzen Geld, die Belohnung, um derentwillen ein zehnjähriger kleiner Junge die Gefahr nicht scheute und sein Leben riskierte.

Der Vater hatte angefangen zu weinen, leise, ohne Schluchzen, und er dachte nicht daran, seine Tränen zu verbergen. Er hatte die Nerven, die normalen Reaktionen verloren. Er war von fremden Gegenständen, barbarischen Geräten umgeben, von Männern, die über ihn redeten, als wäre er jemand anders, als wäre er nicht zugegen, und unter diesen Männern war sein Bruder, ein Bruder, den er kaum wiedererkannte und den er mit unwillkürlichem Respekt ansah.

Die Sätze wurden immer kürzer, weil sich Lecœur und der Kommissar ohne viele Worte verstanden.

»Loubet konnte nicht nach Hause gehen.«

»Auch nicht in eine Bar, solange ihm das Kind auf den Fersen war.«

André Lecœur mußte unwillkürlich lächeln.

»Der Mann ist nicht auf den Gedanken gekommen, daß der Junge keinen Pfennig in der Tasche hatte und daß er deshalb ihm leicht mit der Metro entkommen könnte.«

Aber nein! Das stimmte nicht. Bib hatte ihn gesehen, würde eine genaue Beschreibung von ihm geben.

Das Trocadéro. Das Viertel um die Place de l'Etoile. Die Zeit verging. Es wurde hell. Leute kamen aus den Häusern. Schritte waren auf den Bürgersteigen zu hören.

Es war ohne Waffe nicht mehr möglich, ein Kind auf der Straße zu töten, ohne Aufmerksamkeit zu erregen.

»Irgendwie sind sie zusammengekommen«, entschied der Kommissar mit einem Gesichtsausdruck, als schüttele er sich nach einem Alptraum.

Im gleichen Augenblick leuchtete ein Lämpchen auf. Als wüßte er, daß das mit dem Fall zusammenhing, hob Lecœur anstelle seines Kollegen den Hörer ab.

»Ja ... Das dachte ich mir ... Danke ...«

Er erklärte:

»Es ging um die beiden Apfelsinen. Man hat in der Gare du Nord, im Wartesaal der dritten Klasse, einen jungen Nordafrikaner gefunden. Er hatte eine der Apfelsinen noch in der Tasche. Er ist heute morgen im 18. Arrondissement von zu Hause weggelaufen, weil man ihn geschlagen hat.«

»Glaubst du, Bib ist tot?«

Olivier Lecœur knackte mit den Fingern, als wollte er sie brechen.

»Dann wäre Loubet nach Hause gegangen, weil er nichts mehr zu befürchten hätte.«

Der Kampf ging also weiter in einem endlich sonnigen Paris, wo Eltern mit ihren sonntäglich herausgeputzten Kindern spazierengingen.

»Wahrscheinlich hat Bib in der Menschenmenge Angst gehabt, ihn aus den Augen zu verlieren, und ist näher herangetreten...«

Loubet mußte ihn angesprochen, mit der Waffe bedroht haben.

»Wenn du rufst, schieße ich...«

Und so verfolgten beide weiter ihr Ziel. Der eine wollte sich des Jungen entledigen, ihn in eine verlassene Gegend locken, wo es möglich wäre, ihn zu töten; der andere wollte Alarm schlagen, ohne daß sein Begleiter Gelegenheit bekam, auf ihn zu schießen.

Beide verfolgten mißtrauisch jede Bewegung des andern. Beide riskierten ihr Leben.

»Loubet ist sicher nicht in Richtung Innenstadt gegangen, weil da zu viele Polizisten sind. Zumal ihn die meisten kennen.«

Von der Place de l'Etoile aus mußten sie wieder zum Montmartre hinaufgegangen sein, nicht zu dem der Nachtlokale, sondern dem der kleinen Leute, der trostlosen Straßen, die an einem Tag wie diesem einen besonders provinziellen Anblick boten.

Es war halb drei. Hatten sie etwas gegessen? Hatte es Loubet trotz der bedrohlichen Lage, in der er steckte, lange ohne einen Tropfen ausgehalten?

»Entschuldigen Sie, Herr Kommissar...«

André Lecœur schaffte es nicht, selbstsicher zu sprechen. Er wurde das Gefühl nicht los, daß er sich eine Stellung anmaßte, die ihm nicht zustand.

»Ich weiß, es gibt Hunderte von kleinen Kneipen in Paris. Aber wenn wir in den Vierteln anfangen, wo die beiden wahrscheinlich sind, und zwar dort, wo die meisten Leute einkehren ...«

Nicht nur diejenigen, die vor Ort waren, machten sich an die Arbeit. Saillard alarmierte auch den Quai des Orfèvres, wo sich sechs Inspektoren ans Telefon setzten.

»Hallo? Ist dort die ›Bar des Amis‹? Haben Sie seit heute morgen einen älteren Mann mit einem schwarzen Überzieher in Begleitung eines zehnjährigen Jungen gesehen?«

Lecœur zeichnete erneut Kreuzchen, allerdings nicht mehr in seinem Heft, sondern im Telefonbuch, in dem über zehn Seiten Lokale mit mehr oder minder originellen Namen aufgeführt waren. Einige waren geschlossen. In anderen war Musik zu hören.

Auf einem Plan, den sie auf dem Tisch ausgebreitet hatten, markierten sie die Straßen nach und nach mit einem blauen Stift.

Erst hinter der Place Clichy, in einem ziemlich verrufenen Sträßchen, konnten sie das erste rote Kreuzchen eintragen.

»So ein Typ war heute mittag hier. Er hat drei Calvados getrunken und für den Kleinen einen Weißwein bestellt. Der Junge wollte ihn erst nicht. Dann hat er ihn doch getrunken und zwei hartgekochte Eier dazu gegessen ...«

Wenn man sich Olivier Lecœurs Gesicht ansah, hätte

man glauben können, er habe die Stimme seines Sohnes gehört.

»Wissen Sie, wohin sie gegangen sind?«

»Richtung Batignolles... Der Mann hatte schon einen im Kahn...«

Der Vater hätte sich am liebsten auch einen Apparat genommen, aber es war keiner mehr frei, und so wanderte er stirnrunzelnd von einem zum andern.

»Hallo? Die ›*Zanzi Bar*‹? Haben Sie seit heute morgen...?«

Das war immer die gleiche Leier, und wenn einer der Männer gerade fertig war, nahm sie ein anderer wieder auf.

Rue Damrémont. Ganz oben auf dem Montmartre. Um halb zwei. Seine Bewegungen wurden linkisch: Der Mann hatte ein Glas zerbrochen. Der Junge hatte anscheinend auf die Toilette gehen wollen. Sein Begleiter war ebenfalls aufgestanden. Daraufhin hatte der Kleine kehrtgemacht, als hätte er Angst.

»Ein komischer Kauz. Er hat die ganze Zeit gekichert wie einer, der einen guten Witz erzählt.«

»Hast du gehört, Olivier? Bib war vor einer Stunde und vierzig Minuten noch bei ihm...«

Jetzt hatte André Lecœur Angst, zu sagen, was er dachte. Der Kampf näherte sich seinem Ende. Nachdem Loubet einmal angefangen hatte zu trinken, würde er nicht mehr damit aufhören. War das eine Chance für den Jungen?

Einerseits ja, wenn er geduldig abwartete und kein unnötiges Risiko einging...

Wenn er sich jedoch täuschte, wenn er seinen Begleiter für betrunkener hielt, als er in Wirklichkeit war, wenn...

André Lecœur blickte auf seinen Bruder, und er stellte sich vor, was aus jenem geworden wäre, wenn ihn sein Asthma nicht vom Trinken abgehalten hätte.

»Ja... Was sagen Sie?... Wie?... Am Boulevard Ney?«

Sie näherten sich der Stadtgrenze, und das deutete darauf hin, daß der ehemalige Polizist nicht so betrunken war, wie es den Anschein hatte. Er verfolgte unbeirrt sein Ziel, führte das Kind nach und nach, fast unmerklich, aus der Stadt, hin zu den Brachgeländen am Stadtrand.

Drei Mannschaftswagen waren bereits auf dem Weg in das Viertel. Man schickte alle verfügbaren Fahrradstreifen los. Janvier schwang sich in den kleinen Wagen des Kommissars und hatte größte Mühe, den Vater davon abzuhalten, ihn zu begleiten.

»Wenn ich dir doch sage, daß du es hier am schnellsten erfährst...«

Niemand fand noch Zeit, Kaffee zu kochen. Sie waren vollkommen aufgeregt, nervös, nuschelten nur noch.

»Hallo? Die ›*Orient Bar*‹? Hallo. Mit wem spreche ich...?«

André Lecœur war am Apparat, er stand auf, den Hörer am Ohr, winkte den anderen merkwürdig zu und hätte fast mit den Füßen gestampft.

»Was?... Nicht so nah am Apparat...«

Daraufhin hörten die anderen eine schrille Stimme, die wie die einer Frau klang.

»Wer immer dran ist, rufen Sie die Polizei... Hallo!... Sagen Sie, ich habe ihn... Den Mörder... Hallo?... Was?... Onkel André...?«

Die Stimme klang jetzt gedämpft, ängstlicher.

»Ich sage Ihnen, ich schieße... Onkel André...!«

Lecœur bekam nicht mehr mit, wer für ihn den Hörer übernahm. Er war auf die Treppe gesprungen. Er trat fast die Tür des Telegrafisten ein.

»Schnell... Die *›Orient Bar‹*, Porte de Clignancourt... Alle verfügbaren Männer...«

Saillard hatte den Hörer in der Hand, aus dem jetzt eine laute Stimme mit dem Akzent der Vorstädter schallte:

»Schon gut!... Keine Bange... Ich hab ihm 'ne Flasche auf den Kopf geknallt... Der hat genug... Keine Ahnung, was der dem Jungen tun wollte, aber... Was?... Sie wollen ihn sprechen?... Komm her, Kleiner... Gib mir mal deinen Ballermann... Diese Dinger mag ich überhaupt nicht... Sag mal, der ist ja gar nicht geladen...«

Eine andere Stimme.

»Onkel André?«

Der Kommissar blickte sich um und reichte den Hörer nicht André Lecœur, sondern dessen Bruder.

»Onkel André?... Ich hab ihn!... Den Mörder!... Ich hab ihn gefaßt...«

»Hallo, Bib...«

»Hm?«

»Hallo, Bib! Ich bin's...«

»Papa, was machst du denn da...?«

»Nichts... Ich habe gewartet... Ich...«

»Ich bin froh, weißt du das ... Warte ... Da kommen Polizisten auf Fahrrädern ... Sie wollen mit mir sprechen ... Und jetzt hält ein Auto ...«

Geräusche, Stimmengewirr, Gläser, die aneinanderstießen. Olivier Lecœur hielt unbeholfen den Hörer in der Hand und schaute mit leerem Blick auf die Karte. Das war weit weg da oben, ganz im Norden der Stadt, eine breite Kreuzung, über die ein kalter Wind fegte ...

»Ich fahre mit ...«

Eine andere Stimme.

»Sind Sie's, Chef? Janvier hier ...«

Man hätte meinen können, Olivier Lecœur habe die Flasche auf den Kopf bekommen, so wie er den Hörer in die Luft hielt.

»Der ist sternhagelblau, Chef ... Der Junge hat das Telefon klingeln hören und erkannt, daß das seine Chance war. Er hat es geschafft, Loubet den Revolver aus der Tasche zu ziehen, und ist aufgesprungen ... Ein Glück, der Wirt, ein hartgesottener Kerl, hat den Mann ohne Zögern niedergeschlagen ...«

An der Tafel leuchtete das Lämpchen des Bezirks Clignancourt auf. André Lecœur langte über die Schulter seines Kollegen hinweg und drückte den Stöpsel in die Buchse.

»Hallo? Ist Ihr Wagen losgefahren ...?«

»Jemand hat die Scheibe der Notrufsäule an der Place Clignancourt eingeschlagen, um eine Prügelei in einer Gaststätte zu melden ... Hallo? Soll ich noch einmal anrufen?«

Nein, nicht nötig.

Überflüssig auch, ein Kreuzchen in dem Notizbuch einzutragen.

Ein kleiner Junge fuhr ganz stolz in einem Polizeiwagen quer durch Paris.

*Carmel (Kalifornien), Mai 1950*

## *Das Restaurant an der Place des Ternes*

### *Eine Weihnachtsgeschichte für Erwachsene*

Die schwarz umrandete Uhr, die schon seit Menschengedenken über den Ablagefächern mit den Servietten hing, zeigte vier Minuten vor neun. Der Reklamekalender hinter der Kasse, knapp über dem Kopf von Madame Bouchet, der Kassiererin, gab an, daß man den 24. Dezember schrieb.

Draußen fiel ein feiner Regen. Im Saal war es warm. In der Mitte stand ein großer Ofen, wie es ihn einst in den Bahnhöfen gab, und sein schwarzes Rohr verlief quer durch den Raum, bevor es in der Wand verschwand.

Madame Bouchet bewegte lautlos die Lippen, während sie die Geldscheine zählte. Der Wirt hielt den grauen Leinenbeutel, in den er jeden Abend den Inhalt der Kasse steckte, bereits in der Hand und schaute ihr geduldig zu.

Albert, der Kellner, sah auf die Uhr, trat näher, zwinkerte ihnen kurz zu und zeigte auf eine Flasche, die ein Stück abseits der andern auf der Theke stand. Der Wirt schaute seinerseits auf die Uhr, zuckte mit den Schultern und nickte zustimmend.

»Kein Grund, ihnen nichts zu geben, nur weil sie die letzten sind«, brummelte Albert, als er das Tablett hinübertrug.

Er hatte nämlich die Angewohnheit, während der Arbeit Selbstgespräche zu führen.

Das Auto des Wirts stand neben dem Bürgersteig. Er wohnte draußen in Joinville, wo er eine Villa gebaut hatte. Seine Frau war Kassiererin gewesen. Er hatte als Kellner in einem Café gearbeitet. Wie alle Kellner und Oberkellner hatte er empfindliche Füße und trug spezielle Sohlen. Auf der Rückbank seines Wagens stapelten sich hübsch verschnürte Päckchen, Weihnachtsgeschenke, die er nach Hause mitbringen wollte.

Die Kassiererin würde mit dem Bus zur Rue Caulaincourt fahren, um bei ihrer Tochter, die mit einem Rathausangestellten verheiratet war, Weihnachten zu feiern.

Albert hatte zwei Kinder, und die Geschenke waren seit mehreren Tagen auf dem großen Schrank versteckt.

Er fing mit dem Mann an, stellte ein kleines Glas auf den Tisch, füllte es mit Armagnac.

»Mit den besten Wünschen des Hauses«, sagte er.

Er ging an einigen Tischen vorbei, an denen niemand saß, in die Ecke, wo sich die große Jeanne gerade eine Zigarette angesteckt hatte, achtete darauf, daß er zwischen ihr und der Kasse stand, und murmelte:

»Trink schnell aus, dann kann ich dir noch einen geben! Die Runde geht auf den Chef.«

Schließlich gelangte er ans Ende der Tischreihe. Ein junges Mädchen nahm gerade einen Lippenstift aus der Handtasche und betrachtete sich in einem kleinen Spiegel.

»Mit den besten Wünschen des Hauses...«

Sie schaute ihn überrascht an.

»Danke sehr.«

Er hätte ihr auch gern ein zweites Glas spendiert, aber er kannte sie nicht gut genug, und außerdem saß sie zu nah an der Kasse.

So! Ein letzter Blick auf den Wirt, um zu erfahren, ob es endlich an der Zeit war, die Rolläden herunterzulassen. Das war bereits nett, daß sie für drei Gäste so lange gewartet hatten. In den meisten Restaurants von Paris wurden um diese Zeit fieberhaft die Tische für das Festessen gedeckt. Das hier war nur ein kleines Lokal mit festen Preisen, in dem Stammgäste verkehrten, ein schlichtes Restaurant unweit der Place des Ternes, im ruhigsten Teil des Faubourg Saint-Honoré.

An diesem Abend waren nur wenige Gäste gekommen. Sie hatten fast alle Familie oder Freunde. Nur diese drei waren übriggeblieben, zwei Frauen und ein Mann, und der Kellner hatte es nicht übers Herz gebracht, sie hinauszuwerfen. Daß sie so lange an ihren abgeräumten Tischen ausharrten, zeigte nur, daß sie niemand erwartete. Er kurbelte die Rolläden der beiden Fenster herunter, erst links, dann rechts, kehrte zurück, zögerte, den Rolladen der Tür herunterzulassen, was die drei Nachzügler dazu gezwungen hätte, sich beim Verlassen des Lokals zu bücken. Immerhin war es bereits neun Uhr. Die Kasse war gemacht. Madame Bouchet setzte ihren schwarzen Hut auf, zog ihren Mantel an, legte den kleinen Marderkragen um, blickte sich nach ihren Handschuhen um. Der Wirt schlurfte auf und ab. Die große Jeanne rauchte immer noch ihre Zigarette, und das junge Mädchen hatte sich mit dem Lippenstift ungeschickt einen Schmollmund gemalt.

Sie machten zu. Es war spät. Es war an der Zeit. Der Wirt schickte sich an, so freundlich wie möglich sein traditionelles »Meine Damen, meine Herren...« auszusprechen.

Aber bevor er nur eine Silbe sagen konnte, ertönte ein lauter Knall, und der einzige männliche Gast schwankte mit weit aufgerissenen Augen, aus denen, so mochte man meinen, grenzenlose Verwunderung sprach, hin und her, bevor er der Länge nach auf die Bank sank.

Er hatte sich, ohne einen Ton zu sagen, ohne Vorwarnung, in eben dem Moment, wo sie schließen wollten, einfach eine Kugel in die Schläfe geschossen.

»Sie sollten lieber ein paar Minuten warten«, sagte der Wirt zu den beiden Frauen. »An der nächsten Ecke steht ein Polizist. Albert holt ihn gerade.«

Die große Jeanne war aufgestanden, um sich den Toten anzusehen, und zündete sich in der Nähe des Ofens eine weitere Zigarette an. Das junge Mädchen kaute in seiner Ecke an einem Taschentuch und zitterte trotz der Hitze wie Espenlaub.

Der Polizist trat ein, sein mit Regentropfen bedeckter Umhang verbreitete einen Kasernengeruch.

»Kennen Sie ihn?«

»Er kommt seit Jahren täglich zum Essen. Er ist Russe.«

»Sind Sie sicher, daß er tot ist? Dann sollten wir besser auf den Inspektor warten. Ich habe ihn benachrichtigt.«

Sie brauchten nicht lange zu warten. Das Kommissariat war ganz in der Nähe, in der Rue de l'Etoile. Der Inspektor trug einen schlecht geschnittenen oder im Regen eingelaufenen Überzieher und einen farblosen Hut. Er wirkte mürrisch.

»Der erste der Serie!« knurrte er und beugte sich herab. »Er ist früh dran. Normalerweise kommt das erst um Mitternacht, wenn es überall hoch hergeht.«

Er richtete sich wieder auf, eine Brieftasche in der Hand, öffnete sie und holte einen grünen, dicken Ausweis hervor.

»Alexis Borin, sechsundfünfzig Jahre, geboren in Wilna...«

Er redete halblaut, so wie ein Priester seine Messe liest, wie Albert, wenn er Selbstgespräche führte.

»...›*Hôtel de Bordeaux*‹, Rue Brey... Ingenieur... War er Ingenieur?« fragte er den Wirt.

»Vielleicht war das früher einmal, aber seitdem er bei mir verkehrt, war er Schauspieler. Ich habe ihn mehrmals im Kino wiedererkannt.«

»Zeugen?« fragte der Inspektor und wandte sich um.

»Ich, meine Kassiererin, der Kellner und diese beiden Damen. Wenn Sie ihre Namen zuerst aufnehmen wollen...«

Der Polizeibeamte stand der großen Jeanne, die wirklich groß war, einen halben Kopf größer als er, unmittelbar gegenüber.

»Aha, du hier? Deine Papiere...«

Sie reichte ihm ihren Ausweis. Er schrieb ab:

»Jeanne Chartrain, achtundzwanzig Jahre, ohne Beruf... Ach nein! Ohne Beruf...?«

»Das haben sie auf dem Rathaus so eingetragen.«

»Und den anderen Ausweis hast du?«

Sie nickte.

»Ist er in Ordnung?«

»Nett wie eh und je«, sagte sie lächelnd.

»Und Sie?«

Er wandte sich an das junge, schlecht geschminkte Mädchen, das zu stammeln begann:

»Ich habe meinen Ausweis nicht dabei. Ich heiße Martine Cornu. Ich bin neunzehn und in Yport geboren...«

Die lange Bohnenstange zuckte zusammen und schaute sie aufmerksamer an. Yport, das war ganz in der Nähe von da, wo sie herkam, keine fünf Kilometer entfernt. Und Cornus gab es in der Gegend wie Sand am Meer. Unter anderem hießen so die Besitzer des größten Cafés von Yport, direkt am Strand.

»Wohnhaft?« brummelte Inspektor Lognon, der im Viertel nur »Inspektor Griesgram« hieß.

»Ich habe eine möblierte Wohnung in der Rue Brey, Nummer 17.«

»Wir werden Sie wahrscheinlich in den nächsten Tagen vorladen. Sie können gehen.«

Er wartete auf den Krankenwagen. Die Kassiererin fragte: »Kann ich auch gehen?«

»Wenn Sie wollen.«

Während Madame Bouchet das Lokal verließ, rief er die große Jeanne zurück, die zur Tür ging.

»Kanntest du ihn zufällig?«

»Er war mal bei mir, ich hab ihn mal mitgenommen, aber das ist schon eine Weile her. Sechs Monate, mindestens, das war Anfang Sommer... Er gehörte zu der

Sorte von Freiern, die zu einer Frau gehen und mehr reden als alles andere, die Fragen stellen und glauben, man sei unglücklich... Seitdem hat er mich nicht mehr gegrüßt, aber er hat mir jedesmal kurz zugewinkt, wenn er reinkam.«

Das junge Mädchen ging. Die große Jeanne folgte ihr fast auf dem Fuß. Sie trug einen billigen Pelzmantel, der viel zu kurz war. Sie hatte schon immer Sachen getragen, die zu kurz waren, wie ihr jeder sagte, aber sie kleidete sich weiter so, ohne zu wissen, weshalb, und das ließ sie noch größer erscheinen.

»Bei ihr«, das war fünfzig Meter weiter rechts, am dunklen Square du Roule, wo es nur Ateliers und kleine zweistöckige Häuschen gab. Sie hatte eine kleine Wohnung im oberen Stock, eine Wohnung mit einer separaten Treppe und einer Tür zur Straße hinaus, zu der sie einen Schlüssel hatte.

Sie hatte sich an diesem Abend vorgenommen, sofort nach Hause zu gehen. Heiligabend blieb sie nie draußen. Sie war kaum geschminkt, trug ihre schlichtesten Sachen. So daß sie vorhin entsetzt gewesen war, als sich das junge Mädchen die Lippen rot angemalt hatte.

Sie stöckelte mit ihren hohen, auf dem Pflaster klappernden Schuhen einige Schritte auf die Sackgasse zu. Dann spürte sie, daß sie wegen des Russen trübsinnig wurde, sie hatte Lust, durch helle Straßen zu gehen, Leben um sich zu spüren, und so ging sie in Richtung Place des Ternes, wo die breite, glitzernde Straßenschlucht einmündete, die von der Place de l'Etoile herabführte. Die Kinos, die Theater, die Restaurants waren beleuchtet. Spruchbänder in den Fenstern gaben den Preis und die einzelnen Gänge des Heiligabendmenüs an, und auf sämtlichen Türen war das Wort »besetzt« zu lesen.

Die Bürgersteige, auf denen sich so gut wie niemand aufhielt, waren kaum wiederzuerkennen.

Das junge Mädchen schritt zehn Schritte vor ihr her, als wüßte es nicht, wohin es gehen sollte. Von Zeit zu Zeit blieb es vor einem Schaufenster oder an einer Ecke stehen, zögerte, die Straße zu überqueren, schaute sich lange die in der lauwarmen Eingangshalle eines Kinos ausgestellten Fotografien an.

»Man könnte glauben, die geht auch auf den Strich!«

Beim Anblick des Russen hatte Lognon geknurrt:

»Der erste der Serie ... Er ist früh dran!«

Vielleicht, weil er das nicht auf der Straße hatte tun wollen, wo es noch trister war, oder in der Einsamkeit seines Hotelzimmers. In dem Restaurant herrschte eine friedliche, fast familiäre Atmosphäre. Man war von bekannten Gesichtern umgeben. Es war warm. Und gerade hatte der Wirt ein Gläschen spendiert.

Sie zuckte die Schultern. Sie hatte nichts zu tun. Sie blieb ebenfalls vor den Schaufenstern stehen, vor den Fotos, das Neonlicht der Leuchtreklame färbte sie mal rot, mal grün, mal violett, und ihr fiel auf, daß das junge Mädchen immer noch vor ihr herging.

Wer weiß, vielleicht hatte sie sie als kleines Mädchen gekannt? Sie war fast zehn Jahre älter. Als sie in den Fischgebieten von Fécamp gearbeitet hatte – damals war sie schon genauso groß, aber noch sehr dünn gewesen –, war sie mit ihren Verehrern sonntags oft nach Yport zum

Tanzen gefahren, zuweilen auch in das Café der Cornus, und stets waren die Kinder des Hauses über den Boden gekrabbelt.

»Paßt auf die Schnecken auf«, sagte sie zu ihren Begleitern.

Sie hatte die Kinder Schnecken genannt. Auch ihre Geschwister waren Schnecken. Sie hatte sechs oder sieben zu jener Zeit, aber so viele sollten es nicht bleiben.

Das war eine komische Vorstellung, daß das junge Mädchen womöglich eine Schnecke aus dem Café in Yport war!

Über den Geschäften der Avenue waren Wohnungen, und fast alle waren erleuchtet; sie blickte zu ihnen hinauf, hielt den Kopf in den kühlen Nieselregen, und manchmal sah sie Schatten hinter den Vorhängen und fragte sich:

»Was die wohl tun?«

Vermutlich warteten sie, Zeitung lesend, auf Mitternacht, oder sie schmückten den Weihnachtsbaum. Manche Hausherrinnen würden bald Gäste bekommen und sorgten sich nun um ihren Braten.

Tausende von Kindern schliefen oder stellten sich schlafend. Und die Leute, die dicht gedrängt in den Kinos, in den Theatern saßen, hatten fast alle einen Tisch in den Restaurants reserviert oder einen Platz in der Kirche für die Christmette.

Denn auch in den Kirchen mußte man seinen Platz reservieren. Wäre sie sonst vielleicht in eine Kirche gegangen?

Die Passanten, denen sie begegnete, waren schon recht fröhlich wirkende Cliquen oder Paare, die, so mochte man meinen, enger umschlungen gingen als an anderen Tagen.

Und jene, die allein waren, schienen es eiliger zu haben als sonst. Man spürte, daß sie irgendwohin gingen, daß jemand auf sie wartete.

Hatte sich der Russe deshalb eine Kugel in den Kopf geschossen? Hatte der griesgrämige Inspektor deshalb verkündet, daß es noch mehr geben werde?

Natürlich, das war der Tag dafür! Die Kleine vor ihr war an der Ecke Rue Brey stehengeblieben. Das dritte Haus war ein Hotel, und dahinter waren weitere, verschwiegene Hotels, die man für eine Weile aufsuchen konnte. Genau dort hatte Jeanne ihren ersten Freier gehabt. Im Nachbarhaus, wahrscheinlich ganz oben – denn monatlich oder wöchentlich wurden nur die schlechtesten Zimmer vermietet –, hatte der Russe bis heute gewohnt.

Was schaute sich die kleine Cornu an? Die dicke Emilie? Die, die kannte nichts, keinen Anstand und keinen Glauben. Sie war da, trotz Weihnachten, und sie machte sich nicht einmal die Mühe, auf und ab zu schlendern, um den Schein zu wahren. Sie stand vor der Türschwelle, unter der Aufschrift »möblierte Zimmer«, die sich über ihren violetten Hut zog. Immerhin, sie war alt, schon über vierzig, sie war füllig geworden, und ihre Füße, nach all der Zeit ebenso empfindlich wie die des Restaurantinhabers, waren es leid, das ganze Fett zu tragen.

»'n Abend, Jeanne!« rief sie über die Straße.

Die große Jeanne gab keine Antwort. Warum ging sie dem jungen Mädchen nach? Grundlos. Wahrscheinlich nur, weil sie nichts zu tun hatte und weil ihr davor graute, nach Hause zu gehen.

Das Mädchen wußte auch nicht, wohin. Es war mechanisch in die Rue Brey eingebogen und ging mit kleinen, langsamen Schritten voran, eingezwängt in ein blaues, für die Jahreszeit viel zu leichtes Kostüm.

Die kleine Cornu war hübsch. Ein dralles Persönchen mit einem kleinen, lustigen Hintern, der beim Gehen hin und her wackelte. In dem Restaurant hatte man ihre hochsitzenden Brüste in dem prallen Mieder sehen können.

»Geschäh dir nur recht, wenn sich einer an dich ranmacht, mein Kleines!«

Vor allem an einem Abend wie diesem, wo sich anständige Leute, die, die eine Familie, Freunde oder auch nur Bekannte haben, nicht auf den Straßen herumtreiben.

Das kleine Dummerchen wußte nichts davon. Vielleicht ahnte sie nicht einmal, was die dicke Emilie vor der Hoteltür machte. Wenn sie an einem Lokal vorbeikam, stellte sie sich mitunter auf die Zehenspitzen und warf einen Blick hinein.

Da! Sie trat ein. Albert hätte ihr besser nichts zu trinken gegeben. Jeanne war es früher genauso gegangen. Wenn sie ein Glas getrunken hatte, brauchte sie noch mehr. Und wenn sie drei Stück getrunken hatte, wußte sie nicht mehr, was sie tat. Das war heute anders, fürwahr! Was konnte sie inzwischen kippen, bis sie ihr Limit erreicht hatte!

Das Lokal hieß ›*Chez Fred*‹. Es hatte eine lange Theke aus Mahagoni mit diesen Barhockern, auf die sich keine Frau setzen kann, ohne viel Bein zu zeigen. Die Bar war so gut wie leer. Nur ein Kerl war da, weiter hinten, ein Musiker oder auch Tänzer, bereits im Smoking, der sicher gleich in einem Kabarett um die Ecke auftreten würde. Er saß vor einem Glas Bier und aß ein Brötchen.

Martine Cornu schwang sich auf einen Hocker in der Nähe des Eingangs, direkt an der Wand. Die große Jeanne ließ sich ein Stück weiter nieder.

»Einen Armagnac«, sagte sie, wo sie einmal damit angefangen hatte.

Das Mädchen schaute sich die Flaschen an, die, von unten angestrahlt, einen Regenbogen mit sanften Farbtönen bildeten.

»Einen Benediktiner...«

Der Barkeeper drückte den Knopf eines Radiogeräts, und eine schnulzige Musik klang durch den Raum.

Warum fragte sie sie nicht, ob sie eine Cornu aus Yport war? In Fécamp gab es ebenfalls einige Cornus, Vettern von denen aus Yport, aber die hatten eine Metzgerei in der Rue du Havre.

Der Musiker – oder Tänzer – im Hintergrund war bereits auf Martine aufmerksam geworden und warf ihr schmachtende Blicke zu.

»Haben Sie Zigaretten da?«

Sie rauchte noch nicht lange. Das sah man daran, wie sie das Päckchen aufmachte, wie sie die Augen zusammenkniff, wenn sie den Rauch ausstieß.

Es war zehn Uhr. Noch zwei Stunden, dann war Mitternacht. Alle Welt würde sich umarmen, küssen.

In sämtlichen Radios würden die Strophen von *Minuit, chrétiens* laufen, und alle würden im Chor mitsingen.

Im Grunde war das doch dämlich. Die große Jeanne, die sonst keine Hemmungen hatte, den Erstbesten anzusprechen, fühlte sich unfähig, auf dieses Mädchen zuzutreten, das aus der gleichen Gegend kam, das sie wahrscheinlich gekannt hatte, als es noch ein Kind war.

Dabei wäre das gar nicht peinlich gewesen. Sie hätte ihr gesagt: »Sie sind doch auch allein und wirken niedergeschlagen. Warum verbringen wir Heiligabend nicht gemütlich zusammen?«

Sie wußte sich zu benehmen. Sie würde nicht von Männern reden, auch nicht von ihrem Gewerbe. Es mußte in Fécamp und Yport eine Menge Leute geben, die sie beide kannten und über die sie sich unterhalten konnten. Und warum sollte sie das Mädchen nicht mit nach Hause nehmen?

Ihre Wohnung war adrett. Sie hatte lange genug in möblierten Zimmern herumgehangen, um zu wissen, was ein eigenes Eckchen wert war. Sie könnte das Mädchen einladen, ohne rot werden zu müssen, denn in ihren eigenen Wänden empfing sie niemals Männerbesuch. Andere taten das. Die große Jeanne grundsätzlich nicht. Und es gab nicht viele Wohnungen, die so sauber waren wie ihre. Neben der Tür stand sogar ein Paar Filzpantoffeln, in denen sie an regnerischen Tagen über den wie eine Eisbahn gewienerten Boden glitt, um ihn nicht zu beschmutzen.

Sie würden ein, zwei Flaschen kaufen, etwas Gutes und nicht zu Starkes. Einige Feinkostläden waren noch geöffnet, und dort konnte man Pasteten, Hummermuscheln kaufen, köstliche, hübsch angerichtete Speisen, wie man sie nicht alle Tage aß.

Sie beobachtete sie unauffällig. Vielleicht hätte sie sie tatsächlich angesprochen, wenn sich nicht die Tür geöffnet hätte und zwei Männer eingetreten wären, zwei Männer von dem Typ, den Jeanne überhaupt nicht mochte, Kerle, die irgendwo reinkommen und sich umschauen, als gehörte ihnen alles.

»'n Abend, Fred!« rief der Kleinere, der auch der Dickere war.

Sie hatten die übrigen Gäste schon taxiert. Ein gleichgültiger Blick auf den Musiker hinten, einer auf die große Jeanne, die im Sitzen nicht so eine Hopfenstange abgab wie im Stehen – das war auch der Grund, weshalb sie meist in Bars arbeitete.

Natürlich merkten sie, was sie war. Martine hingegen starrten sie unverhohlen an, setzten sich neben sie.

»Gestatten Sie?«

Das Mädchen rückte näher zur Wand, die Zigarette noch genauso ungeschickt zwischen den Fingern.

»Was trinkst du, Willy?«

»Wie gehabt.«

»Wie gehabt, Fred.«

Typen, die oft einen ausländischen Akzent haben und über Pferderennen oder Automobile reden. Typen, die jemandem nach einer Weile zuzwinkern und ihn in den hinteren Teil des Saals ziehen, um ihm etwas ins Ohr zu flüstern. Und die, ganz gleich, wo sie sind, ständig telefonieren müssen.

Der Barkeeper bereitete ihnen einen komplizierten Cocktail zu, und sie sahen ihm aufmerksam zu.

»Ist der Baron nicht gekommen?«

»Er hat gesagt, einer von euch soll ihn anrufen. Er ist bei Francis.«

Der Dicke ging zur Telefonzelle. Der andere widmete sich Martine.

»Das ist schlecht für den Magen«, behauptete er und ließ ein goldenes Zigarettenetui aufspringen.

Sie schaute ihn überrascht an, und Jeanne hätte ihr am liebsten zugerufen:

»Sei still, Mädchen!«

Wenn sie sich erst einmal auf ein Gespräch einließ, würde es ihr schwerfallen, ihn wieder loszuwerden.

»Was ist schlecht für den Magen?«

Sie fiel darauf rein, blöd, wie sie war. Sie bemühte sich sogar zu lächeln, wahrscheinlich, weil man ihr beigebracht hatte, ein freundliches Gesicht zu machen, wenn man mit Leuten redete, vielleicht auch, weil sie so einem Covergirl zu ähneln glaubte.

»Was Sie da trinken!«

»Das ist ein Benediktiner.«

Sie kam wirklich aus der Gegend um Fécamp! Mit diesem einen Wort glaubte sie alles gesagt zu haben.

»Eben! Davon wird Ihnen todsicher schlecht! Fred!«

»Monsieur Willy?«

»Einen für das Fräulein hier. Einen trockenen.«

»Wird gemacht.«

»Aber ...« versuchte sie zu protestieren.

»Keine Bange, ein Gläschen in Ehren! Heute ist doch Weihnachten, oder?«

Der Dicke, der die Telefonzelle verlassen hatte und

vor einem Spiegel seine Krawatte richtete, hatte schon verstanden.

»Wohnen Sie hier in der Gegend?«

»Ich wohne nicht weit von hier.«

»Kellner!« rief die große Jeanne. »Geben Sie mir das gleiche.«

»Noch einen Armagnac?«

»Nein. Das Zeug, das Sie gerade ausgeschenkt haben.«

»Einen Side-car?«

»Meinetwegen.«

Sie war grundlos wütend.

»Kleines, das dauert nicht lange, dann kippst du vom Stuhl... Das war schlau von dir!... Konntest du dir nicht ein ordentliches Café aussuchen, wenn du Durst hattest? Oder zu Hause einen trinken?«

Sicher, sie selbst war auch nicht nach Hause gegangen. Dabei war sie es gewohnt, allein zu leben. Aber wer hat schon Lust, Heiligabend nach Hause zu gehen, wenn man weiß, daß einen niemand erwartet und daß man vom Bett aus die Musik und das fröhliche Lärmen sämtlicher Nachbarn hört?

Nicht mehr lang, dann würde eine ungeduldige Menschenmenge aus den Kinos und Theatern strömen und sich auf die unzähligen Tische stürzen, die bis in die entlegensten Viertel, selbst in den modernsten Restaurants, reserviert waren. Ein Festessen, koste es, was es wolle!

Nur daß man als einzelner keinen Tisch reservieren kann. Wäre das nicht ungerecht gegenüber den andern, die in Gruppen kommen und ihren Spaß haben, sich in eine Ecke zu setzen und ihnen zuzuschauen? Wie sähe das aus? Wie ein Vorwurf! Womöglich würden sie miteinander tuscheln und sich fragen, ob man mit diesem armen Menschen nicht Erbarmen haben und ihn einladen müßte.

Auf die Straße kann man auch nicht mehr gehen, denn dann blicken einem die Polizeibeamten argwöhnisch nach, weil sie befürchten, daß man im Schutz einer dunklen Ecke das gleiche macht wie der Russe oder daß gleich irgendwer trotz der Kälte in die Seine springen muß, um einen herauszufischen.

»Was sagen Sie dazu?«

»Das ist ja gar nicht so stark.«

Als Tochter eines Gastwirts hätte sie sich etwas besser auskennen müssen. Aber das sagen alle Frauen. Als wären sie ständig darauf gefaßt, Feuer zu schlucken. Und wenn das dann nicht so stark ist, wie sie gedacht haben, hegen sie kein Mißtrauen mehr.

»Sind Sie Verkäuferin?«

»Nein.«

»Sekretärin?«

»Ja.«

»Schon lange in Paris?«

Er hatte ein Gebiß wie ein Filmstar und zwei kleine Kommas als Schnurrbart.

»Tanzen Sie gern?«

»Hin und wieder.«

Wirklich sehr schlau! Was für ein Vergnügen, einen derartigen Schwachsinn mit solchen Typen zu reden! Womöglich glaubte die Kleine am Ende, sie habe Männer von Welt vor sich. Wahrscheinlich blendete sie das goldene Etui mit den ägyptischen Zigaretten, die man ihr anbot, ebenso der dicke, mit einem Diamanten verzierte Ring ihres Nachbarn.

»Fred, bring uns noch einen.«

»Danke, für mich nicht. Außerdem ist es Zeit, daß ich...«

»Zeit wofür?«

»Wie bitte?«

»Zeit, daß Sie...? Was haben Sie vor? Sie werden doch nicht Heiligabend um halb elf schlafen gehen!«

Merkwürdig! Wenn man eine solche Szene sieht, ohne daran beteiligt zu sein, findet man das zum Heulen. Aber wenn man selbst mitspielt...

»Dumme Gans!« knurrte die lange Jeanne, die eine Zigarette nach der andern rauchte und die drei Personen nicht aus den Augen ließ.

Natürlich wagte Martine nicht zuzugeben, daß sie tatsächlich schlafen gehen wollte.

»Haben Sie eine Verabredung?«

»Sie sind neugierig.«

»Ein Verehrer?«

»Was haben Sie damit zu tun?«

»Na ja, es würde mir großen Spaß machen, wenn er warten müßte!«

»Warum?«

Die große Jeanne hätte jede Antwort voraussagen können. Sie kannte sie auswendig. Sie hatte den Blick in Richtung Barkeeper bemerkt, ein Blick, der besagte:

»Eine stärkere Dosis!«

Aber so weit, wie sie jetzt war, hätte man der einstigen Schnecke aus Yport den härtesten Cocktail der Welt vorsetzen können, sie hätte ihn süß gefunden. Waren ihre Lippen nicht schon geschminkt genug? Nein? Sie verspürte das Bedürfnis, noch dicker aufzutragen, um ihre Tasche zu öffnen, um zu zeigen, daß das ein Lippenstift von Houbigant war, und auch wegen des Gesichts, das man dann zieht, denn die Frauen halten sich für unwiderstehlich, wenn sie ihre Lippen diesem indezenten kleinen Stift nähern.

»Toll siehst du aus! Wenn du dich im Spiegel begukken würdest, könntest du sehen, wer hier wie eine Hure aussieht!«

Nicht ganz, denn das merkt man nicht nur an einem bißchen Schminke mehr oder weniger. Der Beweis war, daß die beiden Männer nur einen Blick gebraucht hatten, um die große Jeanne zu beurteilen.

»Kennen Sie das ›*Monico*‹?«

»Nein. Was ist das?«

»Du, Albert, sie kennt das ›*Monico*‹ nicht!«

»Ich lach mich tot!«

»Und Sie tanzen gern? Aber mein Kleines ...«

Auch dieses Wort hatte Jeanne erwartet, aber nicht so früh. Der Mann kam schnell zur Sache. Er drückte bereits sein Bein gegen das des Mädchens, das sich dem nicht entziehen konnte, da es zu eng an der Wand saß.

»Das ist eins der tollsten Nachtlokale von Paris. Nur Stammgäste. Jazz, Bob Alisson. Bob kennen Sie auch nicht?«

»Ich gehe nicht oft aus.«

Die beiden Männer zwinkerten einander zu. Auch das war unvermeidlich. In einigen Minuten würde der kleine Dicke eine dringende Verabredung vortäuschen, damit sein Kumpan freie Bahn hatte.

»Nicht mit mir, Kinder!« beschloß die große Jeanne.

Sie hatte ebenfalls getrunken, drei Gläser nacheinander, die Gläschen im Restaurant nicht mitgerechnet. Sie war nicht betrunken, sie wurde es nie so ganz, aber allmählich maß sie gewissen Dingen Bedeutung bei.

Zum Beispiel, daß dieses trottelige Mädchen aus der gleichen Gegend kam wie sie, daß sie eine Schnecke war. Und auch an die dicke Emilie mußte sie denken, die vor der Hoteltür Wurzeln schlug. In dem gleichen Hotel, wenn auch nicht Heiligabend, war sie zum erstenmal mit jemandem nach oben gegangen.

»Hätten Sie vielleicht Feuer für mich?«

Sie war von ihrem Hocker gestiegen und mit einer Zigarette im Mundwinkel auf den Kleineren der beiden Männer zugegangen.

Er wußte ebenfalls, was das hieß, und er war keineswegs begeistert, er musterte sie kritisch von Kopf bis Fuß. Im Stehen war er bestimmt einen Kopf kleiner als sie, und sie hatte einen Gang wie ein Junge.

»Wollen Sie mir nicht ein Glas spendieren?«

»Wenn Sie unbedingt wollen ... Fred!«

»Habe verstanden.«

Die dumme Gans schaute sie währenddessen mit einem fast empörten Gesichtsausdruck an, als hätte man versucht, ihr etwas zu stehlen.

»Sagt mal, Kinder, ihr seid aber gar nicht lustig!«

Eine Hand auf der Schulter ihres Nachbarn, begann sie den Refrain mitzugrölen, der gedämpft im Radio lief.

»Du Flittchen!« sagte sie sich alle zehn Minuten. »Nicht zu fassen...«

Das Merkwürdigste war, daß die kleine Hure sie weiterhin mit tiefster Verachtung anschaute.

Dabei war Willys Arm vollständig hinter Martines Rücken verschwunden, und die Hand mit dem diamantverzierten Siegelring quetschte sich gegen ihr Oberteil.

Sie lümmelte sich, anders konnte man es nicht nennen, auf der knallroten Sitzbank des ›*Monico*‹, und er brauchte ihr sein Glas nicht in die Hand zu drücken, sie selbst verlangte häufiger danach, als gut für sie war, und leerte den prickelnden Champagner in einem Zug.

Nach jedem Glas brach sie in ein lautes Kichern aus und schmiegte sich noch enger an ihren Begleiter.

Es war noch nicht Mitternacht! Die meisten Tische waren frei. Mitunter war das Paar allein auf der Tanzfläche, und Willy steckte seine Nase in die kurzen Haare seiner Partnerin, fuhr mit seinen Lippen über ihre zarte Haut.

»Du bist sauer, was?« sagte Jeanne zu ihrem Nachbarn.

»Wieso?«

»Weil du nicht das große Los gezogen hast. Bin ich dir zu groß?«

»Ein wenig.«

»Im Liegen fällt das nicht auf.«

Diesen Satz hatte sie schon tausendmal gesagt. Das war fast ein Wahlspruch, nicht minder idiotisch als das Süßholz, das die beiden anderen raspelten, aber zumindest machte sie das nicht zum Vergnügen.

»Findest du das lustig, Heiligabend?«

»Nicht besonders.«

»Meinst du, es gibt Leute, die sich wirklich amüsieren?«

»Sieht so aus...«

»In dem Restaurant, in dem ich vorhin gegessen habe, hat sich einer erschossen, ganz freundlich, mit einem Gesicht, als wollte er sich dafür entschuldigen, daß er uns störte und den Boden dreckig machte.«

»Hast du nichts Lustigeres zu erzählen?«

»Dann bestell noch 'ne Flasche. Ich hab Durst.«

Das war die einzige Lösung. Die Schnecke restlos betrunken machen, wenn sie partout nichts verstehen wollte. Bis ihr richtig übel wurde, bis sie sich erbrach, bis es keine andere Möglichkeit mehr gab, als sie ins Bett zu stecken.

»Auf Ihr Wohl, junges Mädchen! Und auf alle Cornus in Yport und Umgebung.«

»Kommen Sie aus der Gegend?«

»Aus Fécamp. Eine Zeitlang bin ich jeden Sonntag nach Yport tanzen gefahren.«

»Schluß damit!« schnitt ihr Willy das Wort ab. »Wir sind nicht hier, um Familientratsch zu erzählen...«

In der Bar an der Rue Brey hätte man meinen können, jedes weitere Glas müsse der Kleinen den Rest geben. Genau das Gegenteil trat ein. Vielleicht hatten sie die wenigen Minuten an der Luft wieder auf die Beine gebracht. Oder lag es an dem Champagner? Je mehr sie trank, um so wacher wurde sie. Aber das war nicht mehr das junge Mädchen aus dem kleinen Restaurant.

Willy steckte ihr inzwischen seine angezündeten Zigaretten in den Mund, und sie trank aus seinem Glas. Widerwärtig! Und diese Hand, die unablässig über ihr Oberteil und ihren Rock strich!

Noch ein paar Minuten, dann würde sich alle Welt umarmen, dieser widerliche Kerl würde seine Lippen auf die Lippen des Mädchens pressen, das dumm genug wäre, in seinen Armen zu vergehen.

»So sind wir in diesem Alter! Man sollte Weihnachten verbieten...«

Und alle anderen Feste auch! Nicht Martine, sondern Jeanne verschwamm allmählich alles vor den Augen.

»Sollen wir das Lokal wechseln?«

Vielleicht würde die frische Luft diesmal das Gegenteil bewirken und Martine endlich schlapp machen. Aber nicht, daß dann dieser miese Gigolo auf die Idee kam, sie nach Hause zu fahren und mit ihr hochzugehen!

»Wir fühlen uns wohl hier...«

Und Martine, die ihre Begleiterin mißtrauisch anschaute, redete leise mit ihrem Nachbarn. Wahrscheinlich sagte sie ihm: »Was mischt die sich ein? Wer ist das? Die sieht aus wie eine...«

Plötzlich setzte die Jazzmusik aus. Es folgte eine kurze Pause. Einige Leute standen auf.

*Minuit, chrétiens,* ertönte es.

Aber ja, hier auch! Und Martine fand sich plötzlich an Willys Brust wieder, ihre Körper waren von den Füßen bis zur Stirn wie verwachsen, ihre Lippen skandalös aufeinandergedrückt.

»Sagt mal, ihr Ferkel!«

Die große Jeanne schritt auf sie zu, mit kreischender,

vulgärer Stimme, und sie bewegte sich wie ein Hampelmann mit ausgerenkten Gliedern.

»Laßt ihr den andern gar nichts übrig?«

Und mit lauterer Stimme:

»Los, Kleine, du könntest mal 'n bißchen Platz machen!«

Sie rührten sich immer noch nicht, und sie packte Martine an der Schulter, zog sie nach hinten.

»Hast du nicht verstanden, du Flittchen? Meinst du, dein Willy gehört dir allein? Und was, wenn ich eifersüchtig wäre?«

Die Leute an den anderen Tischen hörten ihnen zu, sahen herüber.

»Bis jetzt hab ich nichts gesagt. Ich hab euch in Ruhe gelassen, weil ich ein braves Mädchen bin. Aber dieser Mann, der gehört mir...«

»Was sagt die da?« wunderte sich das Mädchen.

Willy versuchte vergeblich, sie zurückzudrängen.

»Was ich da sage? Was ich da sage? Ich sage, daß du ein mieses Flittchen bist und daß du ihn mir weggenommen hast. Ich sag dir, so läuft das nicht, und ich werd dir deine hübsche, kleine Fresse polieren. Ich sag dir... Da! Das kannst du als Anzahlung haben!... Und das!... Und das auch!...«

Sie ging rücksichtslos zu Werke, sie schlug, kratzte, packte ganze Haarbüschel, während man vergeblich versuchte, die beiden zu trennen.

Sie war stark wie ein Mann, die große Jeanne.

»Du hast mich wie das letzte Miststück behandelt!... Ah, wenn du Streit suchst...«

Martine wehrte sich, so gut sie konnte, sie kratzte

ihrerseits, biß der anderen, die ihr ins Ohr kniff, sogar mit ihren kleinen Zähnen in die Hand.

»Aber meine Damen ... meine Herrn ...«

Und wieder erklang Jeannes schrille Stimme, Jeanne, die jetzt dazu überging, den Tisch umzuwerfen. Gläser, Flaschen zerbrachen. Frauen liefen davon, schrien Zeter und Mordio, während es der großen Jeanne endlich gelang, dem Mädchen ein Bein zu stellen und es zu Boden zu werfen.

»Ah, du wolltest Streit ... Na gut, jetzt hast du ihn ...«

Sie wälzten sich auf dem Boden, in den Glassplittern, rangen miteinander, bluteten.

Die Kapelle spielte so laut wie möglich ihr *Minuit, chrétiens*, um die Schreie zu übertönen. Einige Leute sangen weiter. Endlich öffnete sich die Tür. Zwei Polizisten traten ein, gingen geradewegs auf die kämpfenden Frauen zu.

Ohne viel Zartgefühl traten sie mit ihren Schuhen auf sie ein.

»Aufstehen!«

»Diese Schlampe hat ...«

»Ruhe! Das können Sie auf der Wache erzählen.«

Die beiden Herren, Willy und sein Kumpan, waren wie vom Erdboden verschluckt.

»Folgen Sie uns.«

»Aber ...« protestierte Martine.

»Schluß jetzt! Kein Wort mehr!«

Die große Jeanne schaute sich nach ihrem Hut um, den sie während der Rauferei verloren hatte. Vom Bürgersteig aus rief sie dem Kellner zu:

»Leg meinen Hut beiseite, Jean. Ich hol ihn morgen ab. Er ist so gut wie neu.«

»Wenn Sie nicht bald ruhig sind ...« sagte einer der Beamten und schwenkte ein Paar Handschellen.

»Schon gut, du Blödmann! Wir werden ganz brav sein!«

Das Mädchen mußte sich aufstützen. Jetzt erst wurde ihr plötzlich schlecht. Sie mußten in einer dunklen Ecke stehenbleiben, damit Martine sich an einer Mauer übergeben konnte, auf der in weißen Buchstaben stand: »Urinieren verboten!«

Sie weinte, eine Mischung aus Schluchzen und Schluckauf.

»Ich weiß nicht, was in sie gefahren ist. Wir haben uns friedlich amüsiert ...«

»Von wegen!«

»Ich hätte gern ein Glas Wasser.«

»Auf der Wache bekommen Sie eins.«

Das war nicht weit, in der Rue de l'Etoile. Und ausgerechnet Lognon, der griesgrämige Inspektor, war noch im Dienst. Er hatte eine Brille aufgesetzt. Wahrscheinlich war er im Begriff, seinen Bericht über den Tod des Russen abzufassen. Er erkannte Jeanne, dann das Mädchen, betrachtete sie verständnislos.

»Kennen Sie sich?«

»Und ob, Kumpel!«

»Du bist ja sternhagelvoll«, herrschte er die große Jeanne an. »Und was ist mit der andern ...?«

Einer der Polizisten erklärte:

»Sie lagen beide im ›*Monico*‹ auf dem Boden und haben sich die Augen ausgekratzt.«

»Monsieur…« versuchte Martine zu protestieren.

»Schon gut! Steckt sie zu den andern, bis der Wagen kommt.«

Auf der einen Seite waren die Männer, nicht viele, die meisten Clochards, auf der anderen Seite – weiter hinten, durch einen Lattenzaun von ihnen getrennt – die Frauen. Bänke an den Wänden. Eine kleine Blumenverkäuferin mit Tränen in den Augen.

»Was hast du denn verbrochen?«

»Sie haben Kokain in meinen Sträußen gefunden. Das war ich nicht…«

»Im Ernst?«

»Was ist denn das für eine?«

»Eine Schnecke.«

»Eine was?«

»Eine Schnecke. Verstehst du nicht. Da, jetzt fängt sie wieder an zu reihern. Das wird hier richtig schön duften, wenn die grüne Minna zu spät kommt!«

Um drei Uhr morgens waren es gut hundert, die am Quai de l'Horloge in Polizeigewahrsam genommen worden waren. Auch hier auf der einen Seite die Männer, auf der andern die Frauen.

In Tausenden von Häusern wurde sicher immer noch vor dem Weihnachtsbaum getanzt, und mehr als einer hatte sich vor lauter Truthahn, Gänseleber und Blutwurst den Magen verdorben. Die Restaurants und Cafés würden erst am frühen Morgen schließen.

»Haste endlich kapiert, du Dummerchen?«

Martine lag zusammengerollt auf einer Bank, die ebenso abgenutzt war wie eine Kirchenbank. Ihr war immer noch übel, sie sah angegriffen aus, ihr Blick war leer, ihre Mundwinkel hingen nach unten.

»Ich weiß nicht, was ich Ihnen getan habe.«

»Nichts hast du mir getan, Schnecke.«

»Sie sind eine ...«

»Pst! Sprich das lieber nicht aus, hier sind nämlich ein paar Dutzend, die gerben dir womöglich das Fell.«

»Ich hasse Sie.«

»Vielleicht hast du recht. Trotzdem würdest du dumm aus der Wäsche gucken, wenn du jetzt in einem Hotelzimmer in der Rue Brey wärst.«

Man spürte, daß sich das Mädchen Mühe gab, ihr zu folgen.

»Komm, bemüh dich nicht! Glaub mir, wenn ich dir sage, daß du hier besser aufgehoben bist, auch wenn das ungemütlich ist und nicht besonders gut riecht. Um acht Uhr wird dir der Kommissar eine kleine Predigt halten, daß dir nur recht geschehen ist, und dann kannst du mit der Metro zur Place des Ternes fahren. Mich lassen sie bestimmt untersuchen, und wahrscheinlich nehmen sie mir für acht Tage meine Karte ab.«

»Ich verstehe nicht, was Sie meinen.«

»Gib's auf! Glaubst du, das wäre schön gewesen mit diesem Typen, und obendrein noch Weihnachten? Hmm? Morgen früh wärst du ganz stolz auf deinen Willy! Und glaubst du, die Leute haben sich nicht vor dir geekelt, als du an der Brust dieses Ganoven geschnurrt hast? Jetzt kannst du von Glück reden. Du darfst dich bei dem Russen bedanken!«

»Warum?«

»Ich weiß nicht. Nur so ein Gedanke. Zum einen,

weil ich seinetwegen nicht nach Hause gegangen bin. Und dann, weil ich durch ihn vielleicht Lust bekommen habe, einmal in meinem Leben Weihnachtsmann zu spielen. Jetzt rück mal zur Seite, damit ich auch ein wenig Platz habe...«

Dann, schon halb eingeschlafen:

»Stell dir vor, jeder spielt mal den Weihnachtsmann...«

Ihre Stimme wurde schwächer, während ihr die Augen zufielen.

»Stell dir vor, ich sag dir... Nur ein einziges Mal... Bei all den Menschen, die auf der Erde leben...«

Schließlich mürrisch, den Kopf auf Martines Oberschenkel, der ihr als Kopfkissen diente:

»Versuch mal, nicht ganz so rumzuzappeln.«

*Tucson (Arizona), Dezember 1948*

# *Georges Simenon im Diogenes Verlag*

## ● Romane

*Brief an meinen Richter*
Roman. Aus dem Französischen von Hansjürgen Wille und Barbara Klau. detebe 20371

*Der Schnee war schmutzig*
Roman. Deutsch von Willi A. Koch
detebe 20372

*Die grünen Fensterläden*
Roman. Deutsch von Alfred Günther
detebe 20373

*Im Falle eines Unfalls*
Roman. Deutsch von Hansjürgen Wille und Barbara Klau. detebe 20374

*Sonntag*
Roman. Deutsch von Hansjürgen Wille und Barbara Klau. detebe 20375

*Bellas Tod*
Roman. Deutsch von Elisabeth Serelmann-Küchler. detebe 20376

*Der Mann mit dem kleinen Hund*
Roman. Deutsch von Stefanie Weiss
detebe 20377

*Drei Zimmer in Manhattan*
Roman. Deutsch von Linde Birk
detebe 20378

*Die Großmutter*
Roman. Deutsch von Linde Birk
detebe 20379

*Der kleine Mann von Archangelsk*
Roman. Deutsch von Alfred Kuoni
detebe 20584

*Der große Bob*
Roman. Deutsch von Linde Birk
detebe 20585

*Die Wahrheit über Bébé Donge*
Roman. Deutsch von Renate Nickel
detebe 20586

*Tropenkoller*
Roman. Deutsch von Annerose Melter
detebe 20673

*Ankunft Allerheiligen*
Roman. Deutsch von Eugen Helmlé
detebe 20674

*Der Präsident*
Roman. Deutsch von Renate Nickel
detebe 20675

*Der kleine Heilige*
Roman. Deutsch von Trude Fein
detebe 20676

*Der Outlaw*
Roman. Deutsch von Liselotte Julius
detebe 20677

*Die Glocken von Bicêtre*
Roman. Neu übersetzt von Angela von Hagen. detebe 20678

*Der Verdächtige*
Roman. Deutsch von Eugen Helmlé
detebe 20679

*Die Verlobung des Monsieur Hire*
Roman. Deutsch von Linde Birk
detebe 20681

*Der Mörder*
Roman. Deutsch von Lothar Baier
detebe 20682

*Die Zeugen*
Roman. Deutsch von Anneliese Botond
detebe 20683

*Die Komplizen*
Roman. Deutsch von Stefanie Weiss
detebe 20684

*Der Ausbrecher*
Roman. Deutsch von Erika Tophoven-Schöningh. detebe 20686

*Wellenschlag*
Roman. Deutsch von Eugen Helmlé
detebe 20687

*Der Mann aus London*
Roman. Deutsch von Stefanie Weiss
detebe 20813

*Die Überlebenden der Télémaque*
Roman. Deutsch von Hainer Kober
detebe 20814

*Der Mann, der den Zügen nachsah*
Roman. Deutsch von Walter Schürenberg
detebe 20815

*Zum Weißen Roß*
Roman. Deutsch von Trude Fein
detebe 20986

*Der Tod des Auguste Mature*
Roman. Deutsch von Anneliese Botond
detebe 20987

*Die Fantome des Hutmachers*
Roman. Deutsch von Eugen Helmlé
detebe 21001

*Die Witwe Couderc*
Roman. Deutsch von Hanns Grössel
detebe 21002

*Schlußlichter*
Roman. Deutsch von Stefanie Weiss
detebe 21010

*Die schwarze Kugel*
Roman. Deutsch von Renate Nickel
detebe 21011

*Die Brüder Rico*
Roman. Deutsch von Angela von Hagen
detebe 21020

*Antoine und Julie*
Roman. Deutsch von Eugen Helmlé
detebe 21047

*Betty*
Roman. Deutsch von Raymond Regh
detebe 21057

*Die Tür*
Roman. Deutsch von Linde Birk
detebe 21114

*Der Neger*
Roman. Deutsch von Linde Birk
detebe 21118

*Das blaue Zimmer*
Roman. Deutsch von Angela von Hagen
detebe 21121

*Es gibt noch Haselnußsträucher*
Roman. Deutsch von Angela von Hagen
detebe 21192

*Der Bürgermeister von Furnes*
Roman. Deutsch von Hanns Grössel
detebe 21209

*Der Untermieter*
Roman. Deutsch von Ralph Eue
detebe 21255

*Das Testament Donadieu*
Roman. Deutsch von Eugen Helmlé
detebe 21256

*Die Leute gegenüber*
Roman. Deutsch von Hans-Joachim Hartstein. detebe 21273

*Weder ein noch aus*
Roman. Deutsch von Elfriede Riegler
detebe 21304

*Auf großer Fahrt*
Roman. Deutsch von Angela von Hagen
detebe 21327

*Der Bericht des Polizisten*
Roman. Deutsch von Markus Jakob
detebe 21328

*Die Zeit mit Anaïs*
Roman. Deutsch von Ursula Vogel
detebe 21329

*Der Passagier der Polarlys*
Roman. Deutsch von Stefanie Weiss
detebe 21377

*Die Katze*
Roman. Deutsch von Angela von Hagen
detebe 21378

*Die Schwarze von Panama*
Roman. Deutsch von Ursula Vogel
detebe 21424

*Das Gasthaus im Elsaß*
Roman. Deutsch von Angela von Hagen
detebe 21425

*Das Haus am Kanal*
Roman. Deutsch von Ursula Vogel
detebe 21426

*Der Zug*
Roman. Deutsch von Trude Fein. detebe 21480

*Striptease*
Roman. Deutsch von Angela von Hagen
detebe 21481

*45° im Schatten*
Roman. Deutsch von Angela von Hagen
detebe 21482

*Die Eisentreppe*
Roman. Deutsch von Angela von Hagen
detebe 21557

*Das Fenster der Rouets*
Roman. Deutsch von Stefanie Weiss
detebe 21558

*Die bösen Schwestern von Concarneau*
Roman. Deutsch von Ingrid Altrichter
detebe 21559

*Der Sohn Cardinaud*
Roman. Deutsch von Linde Birk
detebe 21598

*Der Zug aus Venedig*
Roman. Deutsch von Liselotte Julius
detebe 21617

*Weißer Mann mit Brille*
Roman. Deutsch von Ursula Vogel
detebe 21635

*Der Bananentourist*
Roman. Deutsch von Barbara Heller
detebe 21679

*Monsieur La Souris*
Roman. Deutsch von Renate Heimbucher-Bengs. detebe 21681

*Der Teddybär*
Roman. Deutsch von Ingrid Altrichter
detebe 21682

*Die Marie vom Hafen*
Roman. Deutsch von Ursula Vogel
detebe 21683

*Der reiche Mann*
Roman. Deutsch von Stefanie Weiss
detebe 21753

*»... die da dürstet«*
Roman. Deutsch von Irène Kuhn
detebe 21773

*Vor Gericht*
Roman. Deutsch von Linde Birk. detebe 21786

*Der Umzug*
Roman. Deutsch von Barbara Heller
detebe 21797

*Der fremde Vetter*
Roman. Deutsch von Stefanie Weiss
detebe 21798

*Das Begräbnis des Monsieur Bouvet*
Roman. Deutsch von H.J. Solbrig
detebe 21799

*Die schielende Marie*
Roman. Deutsch von Eugen Helmlé
detebe 21800

*Die Pitards*
Roman. Deutsch von Ingrid Altrichter
detebe 21857

*Das Gefängnis*
Roman. Deutsch von Michael Mosblech
detebe 21858

*Malétras zieht Bilanz*
Roman. Deutsch von Irmgard Perfahl
detebe 21893

*Das Haus am Quai Notre-Dame*
Roman. Deutsch von Eugen Helmlé
detebe 21894

*Der Neue*
Roman. Deutsch von Ingrid Altrichter
detebe 21895

*Die Erbschleicher*
Roman. Deutsch von Renate Heimbucher-Bengs. detebe 21938

*Die Selbstmörder*
Roman. Deutsch von Linde Birk. detebe 21939

*Tante Jeanne*
Roman. Deutsch von Inge Giese. detebe 21940

*Der Rückfall*
Roman. Deutsch von Ursula Vogel
detebe 21941

*Am Maultierpaß*
Roman. Deutsch von Michael Mosblech
detebe 21942

*Der Glaskäfig*
Roman. Deutsch von Stefanie Weiss
detebe 22403

*Das Schicksal der Malous*
Roman. Deutsch von Günter Seib
detebe 22404

*Der Uhrmacher von Everton*
Roman. Deutsch von Ursula Vogel
detebe 22405

*Das zweite Leben*
Roman. Deutsch von Ingrid Altrichter
detebe 22406

*Der Erpresser*
Roman. Deutsch von Linde Birk
detebe 22407

*Die Flucht des Monsieur Monde*
Roman. Deutsch von Barbara Heller
detebe 22408

*Der ältere Bruder*
Roman. Deutsch von Ingrid Altrichter
detebe 22454

*Doktor Bergelon*
Roman. Deutsch von Günter Seib
detebe 22455

*Die letzten Tage eines armen Mannes*
Roman. Deutsch von Michael Mosblech
detebe 22456

*Sackgasse*
Roman. Deutsch von Stefanie Weiss und Richard K. Flesch. detebe 22457

*Die Flucht der Flamen*
Roman. Deutsch von Barbara Heller
detebe 22458

*Die verschwundene Tochter*
Roman. Deutsch von Renate Heimbucher
detebe 22459

*Fremd im eigenen Haus*
Roman. Deutsch von Gerda Scheffel
detebe 22473

*Das Haus der sieben Mädchen*
Roman. Deutsch von Helmut Kossodo
detebe 22501

*Der Amateur*
Roman. Deutsch von Helmut Kossodo
detebe 22502

*Das Unheil*
Roman. Deutsch von Josef Winiger
detebe 22503

*Die verlorene Stute*
Roman. Deutsch von Helmut Kossodo
detebe 22504

*Der Witwer*
Roman. Deutsch von Linde Birk
detebe 22505

*Der Stammgast*
Roman. Deutsch von Josef Winiger
detebe 22506

*Die Beichte*
Roman. Deutsch von Michael Mosblech
detebe 22554

*Hochzeit in Poitiers*
Roman. Deutsch von Ingrid Altrichter
detebe 22555

*Der Schwager*
Roman. Deutsch von Renate Heimbucher
detebe 22556

*Schwarzer Regen*
Roman. Deutsch von Stefanie Weiss und Richard K. Flesch. detebe 22557

*Das ungesühnte Verbrechen*
Roman. Deutsch von Renate Heimbucher
detebe 22558

*Sieben Kreuzchen in einem Notizbuch*
Zwei Weihnachtsgeschichten. Deutsch von Michael Mosblech. detebe 22559

## ● Maigret-Romane und -Erzählungen

*Weihnachten mit Maigret*
Zwei Romane und eine Erzählung: Maigret und der Weinhändler / Weihnachten mit Maigret / Maigret hat Skrupel. Deutsch von Hainer Kober, Hans-Joachim Hartstein und Ingrid Altrichter. Leinen

*Maigrets erste Untersuchung*
Roman. Deutsch von Roswitha Plancherel
detebe 20501

*Maigret und Pietr der Lette*
Roman. Deutsch von Wolfram Schäfer
detebe 20502

*Maigret und die alte Dame*
Roman. Deutsch von Renate Nickel
detebe 20503

*Maigret und der Mann auf der Bank*
Roman. Deutsch von Annerose Melter
detebe 20504

*Maigret und der Minister*
Roman. Deutsch von Annerose Melter
detebe 20505

*Mein Freund Maigret*
Roman. Deutsch von Annerose Melter
detebe 20506

*Maigrets Memoiren*
Roman. Deutsch von Roswitha Plancherel
detebe 20507

*Maigret und die junge Tote*
Roman. Deutsch von Raymond Regh
detebe 20508

*Maigret amüsiert sich*
Roman. Deutsch von Renate Nickel
detebe 20509

*Hier irrt Maigret*
Roman. Deutsch von Elfriede Riegler
detebe 20690

*Maigret und der gelbe Hund*
Roman. Deutsch von Raymond Regh
detebe 20691

*Maigret vor dem Schwurgericht*
Roman. Deutsch von Wolfram Schäfer
detebe 20692

*Maigret als möblierter Herr*
Roman. Deutsch von Wolfram Schäfer
detebe 20693

*Madame Maigrets Freundin*
Roman. Deutsch von Roswitha Plancherel
detebe 20713

*Maigret kämpft um den Kopf eines Mannes*
Roman. Deutsch von Roswitha Plancherel
detebe 20714

*Maigret und die kopflose Leiche*
Roman. Deutsch von Wolfram Schäfer
detebe 20715

*Maigret und die widerspenstigen Zeugen*
Roman. Deutsch von Wolfram Schäfer
detebe 20716

*Maigret am Treffen der Neufundlandfahrer*
Roman. Deutsch von Annerose Melter
detebe 20717

*Maigret bei den Flamen*
Roman. Deutsch von Claus Sprick
detebe 20718

*Maigret und das Schattenspiel*
Roman. Deutsch von Claus Sprick
detebe 20734

*Maigret und die Keller des Majestic*
Roman. Deutsch von Linde Birk
detebe 20735

*Maigret contra Picpus*
Roman. Deutsch von Hainer Kober
detebe 20736

*Maigret läßt sich Zeit*
Roman. Deutsch von Sibylle Powell
detebe 20755

*Maigrets Geständnis*
Roman. Deutsch von Roswitha Plancherel
detebe 20756

*Maigret zögert*
Roman. Deutsch von Annerose Melter
detebe 20757

*Maigret und die Bohnenstange*
Roman. Deutsch von Guy Montag
detebe 20808

*Maigret und das Verbrechen in Holland*
Roman. Deutsch von Renate Nickel
detebe 20809

*Maigret und sein Toter*
Roman. Deutsch von Elfriede Riegler
detebe 20810

*Maigret, Lognon und die Gangster*
Roman. Deutsch von Wolfram Schäfer
detebe 20812

*Maigret und der Gehängte von Saint-Pholien*
Roman. Deutsch von Sibylle Powell
detebe 20816

*Maigret und der verstorbene Monsieur Gallet*
Roman. Deutsch von Roswitha Plancherel
detebe 20817

*Maigret und der Treidler der ›Providence‹*
Roman. Deutsch von Claus Sprick
detebe 21029

*Maigrets Nacht an der Kreuzung*
Roman. Deutsch von Annerose Melter
detebe 21050

*Maigret hat Angst*
Roman. Deutsch von Elfriede Riegler
detebe 21062

*Maigret gerät in Wut*
Roman. Deutsch von Wolfram Schäfer
detebe 21113

*Maigret verteidigt sich*
Roman. Deutsch von Wolfram Schäfer
detebe 21117

*Maigret erlebt eine Niederlage*
Roman. Deutsch von Elfriede Riegler
detebe 21120

*Maigret und der geheimnisvolle Kapitän*
Roman. Deutsch von Annerose Melter
detebe 21180

*Maigret und die alten Leute*
Roman. Deutsch von Annerose Melter
detebe 21200

*Maigret und das Dienstmädchen*
Roman. Deutsch von Hainer Kober
detebe 21220

*Maigret im Haus des Richters*
Roman. Deutsch von Liselotte Julius
detebe 21238

*Maigret und der Fall Nahour*
Roman. Deutsch von Sibylle Powell
detebe 21250

*Maigret und der Samstagsklient*
Roman. Deutsch von Angelika Hildebrandt-Essig. detebe 21295

*Maigret in New York*
Roman. Deutsch von Bernhard Jolles
detebe 21308

*Sechs neue Fälle für Maigret*
Erzählungen. Deutsch von Elfriede Riegler
detebe 21375

*Maigret in der Liberty Bar*
Roman. Deutsch von Angela von Hagen
detebe 21376

*Maigret und der Spion*
Roman. Deutsch von Hainer Kober
detebe 21427

*Maigret und die kleine Landkneipe*
Roman. Deutsch von Bernhard Jolles und Heide Bideau. detebe 21428

*Maigret und der Verrückte von Bergerac*
Roman. Deutsch von Hainer Kober
detebe 21429

*Maigret, die Tänzerin und die Gräfin*
Roman. Deutsch von Hainer Kober
detebe 21484

*Maigret macht Ferien*
Roman. Deutsch von Markus Jakob
detebe 21485

*Maigret und der hartnäckigste Gast der Welt*
Sechs Fälle für Maigret. Deutsch von Linde Birk und Ingrid Altrichter. detebe 21486

*Maigret verliert eine Verehrerin*
Roman. Deutsch von Ingrid Altrichter
detebe 21521

*Maigret in Nöten*
Roman. Deutsch von Markus Jakob
detebe 21522

*Maigret und sein Rivale*
Roman. Deutsch von Ingrid Altrichter
detebe 21523

*Maigret und die schrecklichen Kinder*
Roman. Deutsch von Paul Celan
detebe 21574

*Maigret und sein Jugendfreund*
Roman. Deutsch von Markus Jakob
detebe 21575

*Maigret und sein Revolver*
Roman. Deutsch von Ingrid Altrichter
detebe 21576

*Maigret auf Reisen*
Roman. Deutsch von Ingrid Altrichter
detebe 21593

*Maigret und die braven Leute*
Roman. Deutsch von Ingrid Altrichter
detebe 21615

*Maigret und der faule Dieb*
Roman. Deutsch von Stefanie Weiss
detebe 21629

*Maigret und die verrückte Witwe*
Roman. Deutsch von Michael Mosblech
detebe 21680

*Maigret und sein Neffe*
Roman. Deutsch von Ingrid Altrichter
detebe 21684

*Maigret und Stan der Killer*
Vier Fälle für Maigret. Deutsch von Inge Giese und Eva Schönfeld. detebe 21741

*Maigret und das Gespenst*
Roman. Deutsch von Barbara Heller
detebe 21760

*Maigret in Kur*
Roman. Deutsch von Irène Kuhn
detebe 21770

*Madame Maigrets Liebhaber*
Vier Fälle für Maigret. Deutsch von Ingrid Altrichter, Inge Giese und Josef Winiger
detebe 21791

*Maigret und der Clochard*
Roman. Deutsch von Josef Winiger
detebe 21801

*Maigret und Monsieur Charles*
Roman. Deutsch von Renate Heimbucher-Bengs. detebe 21802

*Maigret und der Spitzel*
Roman. Deutsch von Inge Giese. detebe 21803

*Maigret und der einsame Mann*
Roman. Deutsch von Ursula Vogel
detebe 21804

*Maigret und der Messerstecher*
Roman. Deutsch von Josef Winiger
detebe 21805

*Maigret hat Skrupel*
Roman. Deutsch von Ingrid Altrichter
detebe 21806

*Maigret in Künstlerkreisen*
Roman. Deutsch von Ursula Vogel
detebe 21871

*Maigret und der Weinhändler*
Roman. Deutsch von Hainer Kober
detebe 21872

*Maigret in Arizona*
Roman. Deutsch von Wolfram Schäfer
detebe 22474

## ● Erzählungen

*Der kleine Doktor*
Erzählungen. Deutsch von Hansjürgen Wille und Barbara Klau. detebe 21025

*Emil und sein Schiff*
Erzählungen. Deutsch von Angela von Hagen. detebe 21318

*Die schwanzlosen Schweinchen*
Erzählungen. Deutsch von Linde Birk
detebe 21284

*Exotische Novellen*
Deutsch von Annerose Melter. detebe 21285

*Meistererzählungen*
Deutsch von Wolfram Schäfer u.a.
detebe 21620

*Die beiden Alten in Cherbourg*
Erzählungen. Deutsch von Inge Giese und Reinhard Tiffert. detebe 21943

## ● Reportagen

*Die Pfeife Kleopatras*
Reportagen aus aller Welt. Deutsch von Guy Montag. detebe 21223

*Zahltag in einer Bank*
Reportagen aus Frankreich. Deutsch von Guy Montag. detebe 21224

## ● Biographisches

*Intime Memoiren und Das Buch von Marie-Jo*
Aus dem Französischen von Hans-Joachim Hartstein, Claus Sprick, Guy Montag und Linde Birk. detebe 21216

*Stammbaum*
Pedigree. Autobiographischer Roman
Deutsch von Hans-Joachim Hartstein
detebe 21217

*Simenon auf der Couch*
Fünf Ärzte verhören den Autor sieben Stunden lang. Deutsch von Irène Kuhn
Mit einer Bibliographie und Filmographie und 43 Abbildungen. detebe 21658

Außerdem liegen vor:

Stanley G. Eskin

*Simenon*

Eine Biographie. Mit zahlreichen bisher unveröffentlichten Fotos, Lebenschronik, Bibliographie, ausführlicher Filmographie, Anmerkungen, Namen- und Werkregister. Aus dem Amerikanischen von Michael Mosblech
Leinen

*Über Simenon*

Zeugnisse und Essays von Patricia Highsmith bis Alfred Andersch. Mit einem Interview, mit Chronik und Bibliographie. Herausgegeben von Claudia Schmölders und Christian Strich. detebe 20499

*Das Simenon Lesebuch*

Erzählungen, Reportagen, Erinnerungen
Herausgegeben von Daniel Keel
detebe 20500

## Stanley G. Eskin
### *Simenon*
*Eine Biographie*

Aus dem Amerikanischen
von Michael Mosblech

Stanley G. Eskins Biographie stützt sich auf Gespräche mit Simenon, mit Verwandten, Freunden, Verlegern des Autors sowie auf das riesige, erst bruchstückhaft erschlossene Material des Simenon-Archivs in Lüttich.

»Eskin erzählt so anschaulich, als habe er von dem Gegenstand seiner Studien die einfache, farbige, spannende Erzählweise gelernt.«
*Frankfurter Allgemeine Zeitung*

»Mit dem Index, den zahlreichen Anmerkungen, der vollständigen Bibliographie der Werke und der Verfilmungen wird dieser Band sicher die große umfassende Biographie des Schriftstellers werden. Eskin hält auch mit persönlichen Urteilen nicht zurück; sein Buch verdient daher Aufmerksamkeit und Hochachtung.«
*Die Welt, Bonn*

»Ich konnte nie glauben, daß Simenon wirklich existiert. Seine ungeheure Produktion, mein immer neues Staunen über die Vollkommenheit seiner Erzählungen, die psychologische Genauigkeit seiner unendlich vielen Figuren, die Eindrücklichkeit der Landschaftsbeschreibungen vermittelten mir stets das Bild eines hinreißenden Schriftstellers, das aber so ungreifbar und unbestimmt blieb wie etwa das Bild des Frühlings, des Meeres, das Bild von Weihnachten – Bilder, die man mit Vergnügen und unbewußtem Wohlbehagen in sich aufnimmt und erlebt, ohne daß sie imstande wären, die Begriffe in ihrer Dinghaftigkeit und Identität vollständig zu verkörpern.« *Federico Fellini*

»Mit Sicherheit das umfassendste Werk, das je über mich geschrieben wurde.« *Georges Simenon*

## *Georges Simenon im Diogenes Verlag*

Wenn Maigret versucht,
Weihnachten zu feiern wie andere Leute,
dann kommt es meistens anders ...

### *Maigret und der Weinhändler*

Deutsch von Hainer Kober

Nach einem Stelldichein mit seiner Sekretärin wird der reiche Weinhändler Oscar Chabut auf offener Straße niedergeschossen. Kommissar Maigret beginnt die Familie und die Angestellten zu befragen; Aussage für Aussage fügt sich für ihn zu dem Bild eines Mannes, der sich zäh und rücksichtslos von ganz unten emporgearbeitet hat, eigentlich aber voller Selbstzweifel ist. Er benutzte seine Mitmenschen schonungslos, um sein Selbstgefühl zu steigern, indem er sie demütigte und beleidigte.

»Der Ruhm Kommissar Maigrets von der Pariser Polizei, des Helden von 84 Simenon-Romanen, hat mittlerweile den von Sherlock Holmes überflügelt.«
*The New York Times*

### *Maigret hat Skrupel*

Deutsch von Ingrid Altrichter

Kurz nach Weihnachten erhält Maigret den Besuch eines verstörten Liebhabers von Spielzeugeisenbahnen, der mit seinem umständlichen Bericht dem Kommissar auf die Nerven geht – bis er plötzlich verschwindet.

»Simenon ist ein sonderbarer Mensch, über den sich sogar die guten Literaten Frankreichs, Pierre Mille und auch Colette, den Kopf zerbrechen, der mit der Regelmäßigkeit eines Federviehs allmonatlich seinen Roman legt. Der Held ist stets ein einfacher Kommissar vom Quai des Orfèvres und heißt Maigret, obwohl er dick ist. Die Romane sind fast alle nach dem gleichen Schema geschrieben. Aber alle sind sie gut. Es ist eine Atmosphäre darin, eine gar nicht billige Menschlichkeit, ein Soignieren des Details...« *Friedrich Glauser*

# *Charles Dickens im Diogenes Verlag*

## *Drei Weihnachtsgeschichten*

Aus dem Englischen von Gustav Meyrink

»Hast Du eigentlich Dickens' *Weihnachtsgeschichten* schon gelesen? Ich habe erst zwei gelesen, aber ich habe mir die Augen ausgeweint und mußte fürchterlich gegen das Schluchzen ankämpfen. Aber, mein Gott, sie sind gut – und ich fühle mich danach so gut – ich werde keine Zeit verlieren und etwas Gutes tun – ich will ausgehen und jemanden trösten – ich werde Geld spenden. Oh, es muß herrlich sein, solche Bücher geschrieben zu haben und die Herzen der Menschen mit Mitleid zu füllen.« *Robert L. Stevenson*

Die drei schönsten Weihnachtsgeschichten von Dickens: *Der Behexte und der Pakt mit dem Geiste* (›The Haunted Man and the Ghost's Bargain‹), *Die Silvesterglocken* (›The Chimes‹) und *Auf der Walstatt des Lebens* (›The Battle of Life‹).

»Die meiner Ansicht nach mit Abstand beste deutsche Dickens-Übersetzung ist die von Gustav Meyrink. Sie ist fast vollkommen.« *Arno Schmidt*

## *Weihnachtslied*

Eine Gespenstergeschichte
Deutsch von Richard Zoozmann
Mit Zeichnungen von Tatjana Hauptmann

»In diesem Weihnachtsmärchen schildert Dickens, wie der herzlose alte Geizhals Ebenezer Scrooge in einer Weihnachtsnacht zu einem gütigen, hilfsbereiten Menschen wird. Er wird von den Geistern der vergangenen, gegenwärtigen und zukünftigen Weihnachtsfeste heimgesucht. Sie zeigen ihm das Glück, das er durch seine Habgier und Selbstsucht versäumt hat, aber auch die

Einsamkeit, in der er einst sterben wird, falls er nicht vorher sein Leben ändert. Von diesem Augenblick an wandelt er sich von Grund auf: Aus dem boshaftesten alten Mann Englands wird der Lieblingsgroßvater aller Kinder. Das *Weihnachtslied* gehört längst zum klassischen Bestand der Jugendliteratur und wird als beliebte Weihnachtslektüre für Erwachsene und Kinder immer wieder neu aufgelegt.«
*Kindlers Literatur Lexikon*

Im Diogenes Verlag ist eine acht Bände umfassende Ausgabe der *Ausgewählten Romane und Erzählungen* von *Charles Dickens* erschienen, ins Deutsche übertragen von *Gustav Meyrink*.

# *Die schönsten Weihnachtsgeschichten aus aller Welt*

in 3 Bänden in Kassette
Herausgegeben von Christian Strich

*Weihnachtsgeschichten* von Bertolt Brecht, Alphonse Daudet, O. Henry, Guy de Maupassant, Adalbert Stifter, Leo Tolstoi u. a.

»Eine Weihnachtserinnerung ... ? Ja, natürlich, da fällt mir ein ... Ich habe einem Wunder beigewohnt. Ja, meine Damen, einem Wunder in der Weihnachtsnacht.« *Guy de Maupassant, ›Weihnachtsgeschichte‹*

*Mehr Weihnachtsgeschichten* von Hans Christian Andersen, Truman Capote, William Faulkner, Patricia Highsmith, W. Somerset Maugham, Alexander Woolcott u. a.

»Fröhliche Weihnachten stop Frieden auf Erden und den Menschen ein Wohlgefallen stop Sie sind sehr schön stop Ich liebe Sie stop Ich muß mit Ihnen sprechen stop Unterzeichnet: der Funker.«
*W. Somerset Maugham, ›Winter-Kreuzfahrt‹*

*Noch mehr Weihnachtsgeschichten* von Heinrich Böll, Anton Čechov, Friedrich Dürrenmatt, Thomas Mann, Georges Simenon, Robert Walser u. a.

»Zur Festzeit ist wohl schon viel gelacht, aber sicher auch schon viel geweint worden, weil sich leicht ein Weh ins Herz schleicht und Menschen sich in Gedanken in alles liebliche Vergangene zurückversetzen und Wunden aufbrechen.«
*Robert Walser, ›Eine Weihnachtsgeschichte‹*

»Es ist zweifellos die derzeit schönste und umfangreichste Sammlung dieser Art, die die klassischen Texte ebenso enthält wie viele aparte, kuriose, kriminalistische und hintergründige Variationen des Themas aus diesem Jahrhundert.« *NDR, Hamburg*